麦田阳光

美 丽 乡 村 助 读 书 系

乡村助读，让中国的乡村从风景到精神愈加美丽。

U0816420

麦田阳光

美丽乡村助读书系

乡村助读，让中国的乡村
从风景到精神愈加美丽。

格子里的阳光

GEZILI DE YANGGUANG

高洪波 顾问　陈彦玲 主编

陈彦玲 著

山西出版传媒集团 山西教育出版社

图书在版编目（CIP）数据

格子里的阳光 / 陈彦玲著. — 太原 ：山西教育出版社，2023. 8

ISBN 978-7-5703-3547-3

Ⅰ. ①格… Ⅱ. ①陈… Ⅲ. ①散文集—中国—当代 Ⅳ. ①I267

中国国家版本馆 CIP 数据核字（2023）第 156777 号

格子里的阳光

GEZILI DE YANGGUANG

选题策划 李梦燕
责任编辑 霍 彪
复 审 陈旭伟
终 审 李梦燕
装帧设计 王春声 薛 菲
印装监制 蔡 洁

出版发行 山西出版传媒集团 · 山西教育出版社
（太原市水西门街馒头巷 7 号 电话：0351-4729801 邮编：030002）
印 装 山西基因包装印刷科技股份有限公司

开 本 890 mm×1240 mm 1/32
印 张 5. 5
字 数 84 千字
版 次 2023 年 8 月第 1 版 2023 年 8 月山西第 1 次印刷
书 号 ISBN 978-7-5703-3547-3
定 价 32. 00 元

根植乡野，眺望远方（代序）

李东华

把“美丽乡村助读书系”做成精品，为新时代新乡村新少年的成长助力，这个美好心愿，把出版者、策划人、作家、编辑聚集在一起，大家郑重其事地播下种子，然后怀着庄重而又快乐的心情，等待所有努力慢慢发芽。

我曾经有幸数次参加“我的书屋我的梦”乡村少年儿童阅读实践活动征文的评审工作，印象最深的就是2019年。面对从海量征文中初选出的近千篇作品，我油然而生一种“一夜好风吹，新花一万枝”的惊艳感。按照评委会要求，终评委们需要优中选优，再从中挑出几十篇最终获奖文章，这可让我犯了选择困难症，因为每一篇都像枝头迎着东风初绽的花朵，各有各的姿态，各有各的鲜妍，共同构成了蓬勃的春天，哪一朵都可爱得叫人不忍心舍弃。

但我想，我的这种“纠结”是一种喜滋滋的纠结——让人一下子就能感觉到，无论大江南北，全国各地乡村的孩子们，并不是仅仅某一地因为水土适宜而长势良好，而是齐刷刷地在拔节成长。这算是从空间这个维度的横向比较。再沿着时间轴纵向来看，我们可以清晰地感受到这几年的征文质量一年比一年高。从这些或长或短的文章中可以看出，孩子们的阅读内容越来越丰富了，小说、童话、诗歌，科幻、军事、历史、天文、地理……不同体裁不同领域，不论古今中外，凡属人类留下的智慧结晶，都在他们尚属稚嫩却又充满好奇的目光之内，都留下了他们求知和探索的小小脚印。

我想，也正是因为阅读的广博，让他们不管是生长于哪片偏僻的乡野，都能够从浩瀚的书海中汲取无穷无尽的滋养，获得世界性的视野。你能够从字里行间捕捉到一种“初生牛犊不怕虎”的淋漓元气，一种与周围世界、与他人、与自我对话时落落大方的自信表情，一种对祖国、对人类、对万事万物的真挚的爱。而这一切的呈现，又依赖于他们对于语言文字的日渐流畅的、自如的运用。

俗话说“熟读唐诗三百首，不会写诗也会吟”，阅读对于一个人写作能力的提升，是这些征文给予我的第一个鲜明印象。

那些已初步呈现出汉语言之美的遣词造句，那些灵动的、智慧的表达，那些对于生活细节的敏锐、精准的描摹，那些既充满孩子气又闪耀着思想光芒的惊人之语，都无不让人生发“后生可畏”的赞叹。

所以说，尽管摆在眼前的是一篇篇无言的征文，却分明让人看到了征文背后所站立的那一个个活泼的、天真烂漫的孩子，看到了新时代乡村少年儿童因阅读的积累而敢于讲述的不一样的“中国故事”。

对于孩子和国家、民族的关系，已经有很多精辟的认识和论述，“孩子是祖国的花朵”“孩子是民族的未来”“少年强则中国强”。然而，如果希望孩子们能撑起国家的明天，他们首先要撑起自己的明天，而阅读则是他们撬动未来命运的支点。“忠厚传家久，诗书继世长”，这是在中国乡间最常见的对联，一代又一代的人将它贴在大门上，可见在我们民族的潜意识中，书籍和人品是支撑一个国、一个家千秋万代延续下去的两根最坚实的立柱。将这样的对联贴在家门上，贴在最显眼的地方，就是在每时每刻提醒每一个人。我想这是一个有着五千年璀璨文明的民族最具智慧的共识。而要把这一共识真正落到实处，最需要着力的地方就是乡村了。

相比于有父母督促而阅读环境更优越的城市孩子来说，乡村孩子的阅读可能更需要政府、社会的引领，尤其是父母不在身边的留守儿童，阅读既是他们获取知识的有效途径，更是滋养他们心灵的精神引领。

我常常想，一个人需要有自己的书柜，一个家庭需要有自己的书房，一个城市需要有自己的公共图书馆，那么一个乡村，当然更需要有自己的书屋。

阅读“‘阳光麦田’美丽乡村助读书系”这套小书，对孩子们来说，能够得到的是思想和精神上潜移默化的熏陶和滋养。而持续地写作、出版一些适合乡村孩子阅读的好书，让这些书在助力乡村少年儿童阅读方面发挥作用，无疑是功在当代、利在千秋的事业——我们不妨来个小小的假设，全国有六十多万个乡村，假设每个乡村书屋中的书籍，都能够像投入湖心的石子，哪怕只在十个孩子的心中荡起涟漪，全国也会有六百多万个乡村孩子从阅读中受益。

美丽乡村既要实现生态意义上的“绿水青山”，也要构建精神层面的“绿水青山”，从这个意义上讲，用优质图书和阅读协助、帮助、辅助乡村阅读，繁荣乡村文化，是建设美丽乡村的有效路径。

面对这些适合乡村少年儿童阅读的文字，我似乎可以看到，未来的他们，因今天的阅读引领而描绘出自己的梦和憧憬。

这些梦，将根植于他们生活的山乡旷野，更将呼应着远方的星辰大海。

目 录

暖暖的话题

题记

“什么是生命中最不能缺失的情感。”当这个话题展开在我和儿子中间时，我按下了暂停键，暂停品茶、暂停读书、暂停观影，和他专注地聊天。那一天，我们很开心，我也很有收获，因为，话题很暖。

有时候天气也会和你产生共鸣。如果真心打算开启一个暖暖的话题，你会发现，早晨的第一缕阳光也会透过自家的玻璃窗来助力，哪怕是那种严严实实、厚厚叠叠的双层玻璃窗。

接近秋天的一个周末的下午，叔叔（爸爸的堂弟）从老家富春江边寄来了味道纯正的家乡绿茶，它混合着暖暖的阳光味道，在飘窗上伴着清水散发出浓浓的香。

我蜷在刚刚买回家的淡绿色小沙发里，一边读着曹文轩的经典之作《草房子》和《孤独之旅》，一边看着曹文轩老师送给我的影碟——同名影片《草房子》，书和电影画面不停地在脑海中切换，其中永恒不变的是桑桑的爸爸，一位坚守在美丽乡村的知名校长，对“身患绝症”的儿子桑桑倾尽全力的爱，我被作品感动了。流泪的同时，我开始品味：什么是生命中最不能缺失的情感？

即将小学毕业的儿子在他的房间，看着书听着音乐，时不时地晃出来陪我喝杯茶，和我聊聊天。后来，我索性按下暂停键，暂停读书、暂停观影，和他专注地聊天。

为什么会暂停？就是因为他忽然一本正经地问了我一句：“妈妈，问你一个严肃的问题，你是不是最爱我，然后才是姥姥？”

我毫不犹豫地回答：“是的呀。”

儿子紧接着校正：“不应该。你应该最爱姥姥，然后才轮到我。”

儿子说这句话时，绝不像在开玩笑。

“为什么？”我问他。

因为在他很小的时候，他，只允许我最爱他。

“因为，姥姥比我更爱你。真的，我得承认，我没有姥姥爱你。每次我和你生气的时候，别看姥姥表面上护着我，可你刚出门，姥姥就会不停地数落我，说我不应该这样、不应该那样，更不应该这样这样，还不应该那样那样。”儿子像在说绕口令。

我说：“真的？”我有些怀疑。

因为每次我训他就能听到妈妈在“训”我：“他那么小，你好好和他说，不许吼他！你每天忙，都没时间陪他，偶尔待一阵儿，还要训他。母子的感情也是需要培养的，你知道吗……”妈妈是老师，在我的记忆里，她似乎永远都在教我或者训我，我几乎是在她的唠叨声中或者“不合格”中长大的。所以，她说她的，我做我的，几乎成为我们之间的默契了，有很多次，都是在妈妈的唠叨声中，我关上家门又去忙。忙起来，根本无暇思考“母女之间的对话与情感”。

儿子看见我的诧异，又开起玩笑来：“当然，在看到这样的母女情深时，我只剩感动了，哪还敢开玩笑？”

儿子说完，又回到了他的房间，他的门关上了。儿子一直比较文雅，他关门的声音我平常几乎是听不到的。今天的关门声其实和往常没有区别，但我却听到了“嘭”的一声。我也知道，不是他的关门声变大了，是他的一番“闲话”触动了我。

我和妈妈，一直将彼此放在心里，但妈妈的心里有我更多。这我不得不承认。

比如，妈妈会在我加班的时候给我打电话，低声说一句“吃饭了没有，记得按时吃饭啊”，话筒那头，我能听出她既怕打扰我工作，又怕我不能按时吃饭的牵挂和担心，她怕我忙起来不能照顾好自己而影响身体健康；如果加班时间很长，她又会低声问一句“回家了吗”，我知道，她怕我忙起来忽略了家庭。

再想想我，每当工作取得或大或小的成绩，每当随手写的短文或用功写的长篇见诸报刊，每当遇见好的风景，每当泛起异样的心情，我都会不自觉地向她倾诉，甚至不愿意和任何人说的话，都能与她一一道来。

这种感受，也是近几年才越来越明显的。因为，我看到，妈妈的心始终贴着我，很近。

在我从小到大的穿着上，就能体味出妈妈的爱。

记得在20世纪70年代，我很小的时候，妈妈在重点小学任教，有一年她的班上有96个学生，那时候的学生作业都是妈妈带回家批改的。每当盼着那一摞又一摞的作业批改完，我以为可以和妈妈一起睡觉了，没想到当我困得眼睛睁不开的时候，妈妈又坐到灯下，她要在我的纯白色衬衣上用红色的线绣一个个小草莓图案作为白衬衣的点缀。

当我大点的时候我问她："何必那么辛苦，直接买一件有图案的不行吗?"而妈妈笑笑说："那时候，有钱也买不上别致的。"妈妈还说，那时候，她的想法就是要把我打扮漂亮。

上中学期间，妈妈忽然不让我在意穿着了。她的理由：一是学习紧张，二是女孩子太在意穿着容易惹麻烦。我虽然心里在犯嘀咕，但是那时候我还是很听话的。除了过年可以穿妈妈用几个月精心准备的漂亮衣服，平日只能暗自抱怨。

……

再后来，妈妈对我的穿着不怎么管了，对我的要求也少了许多，好像只有五个字：简单有气质。妈妈说过，过多的装饰很难搭配出华贵的味道，更容易给人无头绪的感觉。于是，简单的色彩成为我的标准。在服饰上我好像偏爱黑色，这偏好改变起来也很难。所以，在我衣帽间内一排排的黑色衣服之中，总会看到妈妈送给我的用来点缀黑色的斑斓色彩：或酒红、或宝蓝……这些由颜色带给我的温暖，都来自别致的围巾，成为我的“曾经最美”和“如今最爱”。

真的，最爱我的是妈妈，我最爱的也该是妈妈，这是永远不会改变也不该改变的事实。无论何时何地，妈妈的问候总是最真的；妈妈的惦记总是最切的；妈妈的担心总是最实的；妈妈的疼爱总是最多的。虽然有时妈妈的声音不温柔，妈妈的责备不客观，但是，妈妈的爱却是那么多，多得我一生一世都享用不完。

所以，我忽然感谢儿子今天的一番“闲话”。

它让我再次深切地感知深深的母爱，它让我再次感受我对母爱的依赖。

不记得谁说过“父母才是我们一生中最大的佛”，对父母付出永久虔诚的爱，我们的幸福一定会比现在多！

那一天的晚上，在儿子熟睡之后，我轻轻走进他的房间，看着他既纯真可爱又成熟的脸，由衷地和他说了声“谢谢，我亲爱的小孩”。

爱，在眼泪中爆发

题记

那一天，天空一会儿晴一会儿阴。那一天，我第一次祈祷奇迹出现。然而，那一天，心忽然坠落到了谷底。

（一）

很久，没有彻底大哭过。很久，没有让眼泪决堤了。很久，不能提及这几个月里发生的所有的事情。当生命走过四十余年，头一次感受失去的悲痛。

今天，很想写下点什么。

现在，无论是空荡荡的内心还是仿佛没有任何反应的躯壳，都在疼，这种疼，来自曾经的不以为然和如今的追悔莫及。

所有的家人都没有想到，我最亲爱的爸爸，每年体检都健康的爸爸，爱说爱笑爱谈古论今，爱东拉西扯，爱吃汤泡饭和红烧肉炖笋干，爱一壶水加大半壶茶，爱在上海的街头拉着我的手穿进小巷给我买饭团、带我吃馄饨，爱看到好书就给我买回家并且在扉页上写满每个年龄段的赠言，爱自己编无数的故事讲给他的女儿、儿子、外孙、孙子听的乐观老头儿，忽然间会被意想不到的病症缠身。

2012年4月22日，那天下午，我根本说不清是什么天气。好像有一阵儿刺眼的阳光，又好像阴了一阵儿，只记得漫天乌云。树上的叶子本该是翠绿的颜色，但在我的眼里却蒙上了深灰色。当我们所有的晚辈等在省城最好的医院的病理检验科，等待最后的结果出来，我们幻想，我们期望，大夫的判断是错误的，是他们误诊了，是他们出错了。那一天，我第一次祈祷，童话般的奇迹会来。

可是奇迹偏偏没有在我们这里出现。我们拿着那份沉甸甸的诊断书，看着那几个极其刺眼的汉字，我们才忽然间明白，爸爸在我们身边的时间从此就要论天计算了。

第一次，我那么强烈地觉得喉咙里被什么东西哽着，让我说不出一句话。看着站在对面的弟弟眼眶里打转的泪珠，听着自己心里痛不欲生的呐喊，我似乎也感觉到了在家里等候结果的妈妈的绝望。

那张薄薄的诊断书，在我们的手里传来传去，那一行行的黑字，像刀子一样，就那么一笔一画地刻在白色纸上，让我忽然间那么痛恨起白纸黑字。一种对大夫不信任的想法蔓延开来。后来我们遇到了无论是医术还是其他方面都可以完全信任的大夫，在办公室听着他专业、耐心、有条有理的医学解释和治疗建议时，我们却再次绝望。

回家的路，头一次让我们觉得那么长，道路两旁，原本绿色的树被我们心中灰色的阴霾完全覆盖，傍晚的夕阳，火红的，下坠着。早已过去的春寒，又一阵阵地来了，且汹涌无比。

上楼的双腿，似乎不是我的，需要强拉硬拖。还没敲门，门就开了。妈妈轻轻地说了一句，我一直在楼上看着你们回来，我们俩急忙回应："哦，没事，还有一个结果没出来，等出来再看，别着急哈。"

就这样，连续一周，我们听到的都是：好好陪着老人，别再做过度治疗，慢慢送他离开吧。

那段时间，我们一面和忽然间苍老、言语少去一半的爸爸笑着说话，爸爸有时沉默好久后会忽然问一句："我的病能治好吗？""当然能。"还记得我们的回答是那么"有信心"。一面"轻松"地安慰着看似比我们还坚强的妈妈，"不要紧，爸爸这是老年病，慢慢治"，一面背着不太知情的妈妈，偷偷去看了墓地。墓地，是一块和爸爸出生地——富春江畔一样山清水秀的地方。

那段时间，每一次医生找我们谈话结束，我和弟弟都会费劲地走到医院无人的角落里，哭很久才回病房。我们知道，我们现在是父母的支柱，不能倒下，绝对不能！但是面对一拨又一拨来看望爸爸的亲朋好友，我们还是说不出一句完整的话，无数次的哽咽打断了交谈，以至于所有的人听不到一句我们俩恭敬完整的"谢谢"。

我们是不孝的孩子，在爸爸将近八十年的有着军人习惯与风范的、充盈着文化底蕴的优秀人生里，我们陪伴他的时间不到四分之一。我们真是后悔，为什么到了今天，我们才开始仔仔细细地盘算，怎么才能让他在我们的身边多待一会儿，如何才能知道他现在最想做什么？但越是小心翼翼地揣摩或猜测，越发显得我们那么笨拙、那么不靠谱、那么愚钝。

我们忽然发现，总和爸爸拌嘴斗气的妈妈，其实是那么了解爸爸、那么爱爸爸。她比我们强多了，爸爸每做出一个我们以为毫无意义的手势，每说出一句我们听来听去也没听清的话，妈妈都能明白，而我们却如此迟钝！

在爸爸最后的一百多天的日子里，看着妈妈寸步不离的身影，我们在一次次泪眼模糊中感到幸福，为爸爸幸福着！虽有不孝于他的我们，但终有深爱并懂他的妈妈。

今天的我，只想说，如果还有来生，我不能让自己再后悔。

（二）

爸爸还是走了。

他离开的前两天，外孙和孙子放学后来看他，好久没睁过眼的爸爸在听到“姥爷”“爷爷”时，睁开了眼睛。

爸爸走的那天早晨，我刚刚睡着就被弟媳喊醒，说爸爸找我。坐在他的病床前，我一直拉着他的手，他问我，弟弟在哪，妈妈去哪了？我说弟弟陪妈妈去买东西，马上回来。弟弟和妈妈进门后，我们围在他床前，问他想干啥，他摇摇头。之后，永远地安静地闭上了眼睛。

从发现病症到离开，不到四个月。最后的日子里，我们一直倒替着整晚陪在他身边，直到下葬。

后来，忘记是哪一天，也忘记是在做完什么事之后，我坐在弟弟的车里，他递给我耳机，一首《父亲》传进耳朵。“总是向你索取却不曾说谢谢你，直到长大以后才懂得你不容易，每次离开总是装作轻松的样子，微笑着说回去吧转身泪湿眼底”，才听到第四句，我的眼泪就已经止不住了。弟弟递来纸巾，并没有说“要不别听了”，反而跟着我的情绪说：“我也是一个人听了很多遍了，才想让你听的。”

从爸爸离开我们，到听歌的这一刻，我们俩几乎没有单独待在一起过。日常总是忙着很多事情，总有很多人需要我们陪着，或者我们陪着妈妈。我们连在一起流泪的时间都没有。弟弟比我小七岁，曾经是从不操心别人的，这一次忽然间长大了。

那段时间，别人顾忌着我们的感受，不谈及；我们也顾忌着家人的感受，强忍着。

所以，眼泪一直在心里流着，全部如铁锤般重重地砸在胸口。此时此刻，可能是心里盛不下了。我任由纸巾湿透，也不能与弟弟对话。因为随着音乐的流淌，我也同样听到了他的心痛，他一边开车，一边低声说："爸爸走得还是太快了。该死的病!"

太快了，真的是太快了。短短不到四个月的时间，一次次往返于家与医院之间，当着爸爸的面，我们安慰他，微笑着；离开爸爸的病床，我们悲伤着、忙碌着。一直到爸爸去世、下葬。

此时此刻，这么一个狭小的无人打扰的空间里，我们的爱和想念，随着歌曲《父亲》无限地延展。其实，我想爸爸，几乎每天都在想。弟弟也在想，也许是每时每刻都在想。

我们的想念连在一起，彼此心照不宣。

歌曲接近尾声了，那一句"时光时光慢些吧，不要再让你变老了，我愿用我一切换你岁月长留”，将我们的想念随清风捎往父亲远在的地方。

2022年，爸爸离开我们整整十年，至今，我似乎总能听到爸爸上楼时“咚咚”的脚步声，总能看见他坐在书架前一本本倒腾新书旧书的欢腾样儿。

“爸爸，我们会照顾好妈妈照顾好自己，我们爱你。”终会有一天，我会把这句话写在纪念册里！

五味家常

题 记

很多家常，有时候需要用上大半天认认真真细细品味，才能品出夹杂在其中的苦痛、欢乐和更多的爱，因为这些爱，暖着身，更暖着心。

这已经凉了的深秋。

最近的早晨起来，总喜欢在洗漱后走出去，去看小区里或深绿或浅绿、甚至开始发黄的叶子，它们有的仍然牢牢地长在或深褐色或浅褐色的树枝上，即使用手拽，也是下不来的；当然，有的是掉落在树周围的。起得再早一些，偶尔还会看到有的叶子已经开始挂霜。

这个周末，景色依然。

出门的时候，儿子还在熟睡，走回来，他居然已经开始在厨房做吃的。

因为新冠肺炎疫情的管控，学校一直不开学。所以，这个大三的男孩子熬到深夜、睡到中午是常事。他主动起来做吃的，简直是一件稀奇事。

我坐在餐桌旁，儿子边做吃的边和我聊天，天南海北的，越聊越开心。

我问他：“你怎么想起来做吃的？你会做啥呢？”他头也不回地速答：“妈妈，不只是你希望我能自理，我也希望我能自理。你不知道我在桐乡还自己租过半年的房子吧？”

“啊？”听到这一句，我比看到他早起、做饭惊奇一百倍！

桐乡是他的大学——浙江传媒学院戏剧影视文学院校区所在地，紧挨着风景如画、故事丰富、国际文化活动频繁、被冠有“戏剧节如云”的乌镇。

送他上大学那一年，我和他爸爸去过。记得当时，我一进乌镇就被深深吸引了，水挨着房，房临着水，水中的小船自如穿梭，哪怕偶遇水道狭窄，也丝毫不影响船夫游刃有余地行船。

乌镇位于浙江嘉兴桐乡，别名乌墩、青墩，是首批中国历史文化名镇。它的建筑与水景相得差彰。

所以素有“中国最后的枕水人家”之誉和“鱼米之乡”“丝绸之府”之称，是典型的中国江南水乡古镇，亚热带季风气候令人舒适。西栅、茅盾故居、丰子恺故居、木心美术馆等让人灵魂丰盈。

我当时就生了在乌镇买房的念头，但后来被父子俩的你一言我一语给搅黄了。现在回想，最终可能还是因为太多的不现实放弃的吧。

然后我又生了在桐乡租房的念头，桐乡最吸引我的地方是公园与公园之间的距离非常近，几乎就是大城市公交车站之间的半站地。我一直喜欢水，还喜欢盛开在小路边一簇簇争香的花，而桐乡二美兼具。

桐乡被称为菊乡，东距上海131公里，北离苏州74公里，西邻杭州65公里，曾入选“2021年度全国综合实力百强县市”。春秋为吴越接壤争战之地。从桐乡开车到乌镇车程最多15分钟。

我当时打算租房的理由，一是可以随时去看上学的儿子；二是可以随时亲近风景与文化皆富有的山水，多好。

但当时我很清楚地记着，当我刚说出想法，儿子他爸还没反应过来，儿子就第一时间反对。

当然我知道，他反对的主要原因是“好不容易离开唠唠叨叨的妈妈，到另外一个城市准备好了自由长大”。但他后面说出的理由，我自己安慰自己说“更有道理和逻辑”。

他俨然一个成人，有板有眼、慢条斯理地说：“每一个地方，待几天你会很喜欢，那是因为新鲜；再待几天，你就烦了，因为你有工作、你有很多事在这个地方都做不成，到那个时候，你会觉得，今天所有的美好风景都成了累赘，不买房，你就没有累赘，买了房，你要再想放下累赘就不容易了。”

忽然间，我觉得儿子成了哲人。

“再说，我上大学，每天住在学校里，宿舍费很便宜，几乎可以算作没有。你要真想来，来几天住一住就可以了，没有必要租房子的……”他后面的唠叨我忘记了，总之，从此“在桐乡租房子”这六个字和连同这六个字的所有想法，在我的生活里都没有再出现。

直到今天，他说在桐乡租房子，我真的是非常惊讶，他居然在桐乡租了房？

然后我问他为什么要租房子：“你不是在学校吗？学校让出来吗？老师不管吗？什么学校啊？你怎么跟老师说的？……”

我连珠炮似的发问，儿子根本没理会。

反而低声地说：“我顾不了那么多了，宿舍有时候太乱了，他们吵得我都没有想爷爷的时间。爷爷去世之后，我半年都没有缓过来。”

后面将近半个小时，儿子没有说一句话，我也没有说一句话，我知道，我在跟他一起想念他的爷爷了。

我知道，儿子和他爷爷的感情特别特别好，非常亲。爷孙俩的各种默契无法用言语表达。

儿子喜欢吃烙饼，爷爷就一直烙了无数个春夏秋冬的烙饼，只要儿子说回去，味道纯正、金黄酥脆的烙饼一定会在半小时内上桌，结果儿子总是吃到撑。我记得再后来，爷爷说，也许后面就烙不动了，儿子故作轻松地回应：我长大了，也就不那么爱吃了。但即便儿子说不爱吃了，烙饼也一直延续到爷爷病重站不到灶台前。爷爷去世很多年，我在家都很少提“烙饼”，尤其儿子在家，几乎不敢提“烙饼”两个字。

儿子喜欢交流，我们会常常与他分享各种话题，如学习、生活、小家、大家等。曾经有一次，我不知谈及何事与儿子发生争执，然后我有些不耐烦地跟他说，我坚持我的观点，不想再听你说了……话没说完，儿子就来了一句：妈妈你知道吗？全家人只有爷爷把我当作一个独立的人，会和我好好说话，会先听完我的想法；而你们，到现在都一直把我当小孩子，好像我长不大。

那一次，忽然觉得他长大了，他需要的是跟我们关系平等的对话，语气平和的态度，而我们却常常忽略。

从那一天开始我练习和他好好说话。也许，有很多时候我们大人认为对的事情，在孩子看来俨然是没有道理的。

那半个小时的争执，因为“在桐乡租房子”这六个字而起，我又一次看到了爷孙之间永远无法抹去的血脉亲情，也回想起他和爷爷的种种对话，并郑重其事地反思了我和他之间的问题。

“嗨！你没事吧？我做好饭了。”儿子很懂事，他总是知道怎样用轻松的语言打破凝重的气氛。

接着，我们开始品尝他做的西式早餐，味道很美很厚重，在香气中，我看到了中式的乌镇、文化的桐乡和祖孙的情感。但那天早晨，我看到他的模样更帅！帅气中透着真。

吃完早餐，他又开始教育我“要爱你的妈妈，不要以后后悔……”。唠叨完，他上楼进了自己的房间。

留给了我确切的提示：他在长大！我得认真应对了。

我沉浸在有关“爱”的思绪中，无法自拔！

儿子不知何时下了楼，站在我旁边调侃：“妈妈，有关爱的思考今天就到这吧。”他好像永远知道我在想什么，也许这就是母子连心吧。“早餐我做，午餐该你了吧，哈哈！”

我坚信，真正的爱，是“长大”必要的条件之一。爷爷给他的爱，姥姥给他的爱，父母给他的爱，一定会被他全部吸收；我更坚信，他收到的爱也一定会得以回馈，回馈“爱”该去的地方。

树叶和泡泡糖

题记

让我从小就爱上读写的不是哪个老师，而是我最亲爱的父亲。他用的也不是什么作文书和什么超级魔法，而是树叶和泡泡糖。

我从小就喜欢听故事，给我每天讲故事、讲很多很多故事还不重复的神奇老师就是我的父亲。说父亲神奇，一点儿都不夸张，因为父亲的故事好像就在嘴边，永远都讲不完，而且，什么都能讲。天上的云朵、树上的叶子、空中的雪花、地面的房子，在父亲口中，都可以被“读出来”，还能讲成故事。“大阅读”这三个字，我第一次听到，也是在父亲的口中。

父亲是一位我非常尊敬、佩服的出版大家。他曾经是出版社的编辑，他策划编辑的图书曾连续三次荣获“国家图书奖”（今天的出版政府奖），他为我讲过的无数故事，带着我走进了读写的世界。

关于树叶的事

记得小的时候，我还不认识多少字，父亲总会拿一些实物、图片让我看，而且会边看边提问。一次，父亲从院子里回来，手里拿着一片中间深绿、外圈发黄的大树叶，高高地举在我的眼前，神秘地问我：“小家伙，你仔细看看，这片树叶和别的树叶可大不一样，在这片树叶上，有一个小小的缺口，知道为什么吗？”看着父亲的表情、听着父亲的发问，我大声说：“一定是谁咬的！”父亲哈哈大笑，声音比我更响亮：“你再看看，是咬的吗？”父亲的提问引发了我对这片“缺口树叶”的兴趣。

通过仔细观察，我真的看到了那样一个小小的缺口，我脑海中将所有见过的小动物一一列举，觉得那是小猫用爪子抓的。

父亲接着说：“这片大树叶背后，真的有一个关于小动物和树叶的故事，你猜猜是什么……”

还没等父亲讲完，我的想象就开始了：是一只小猫还是一只小狗呢？难不成是一只摇着尾巴走路的小狗。小狗在路上看到一根大大的骨头，它很馋，馋得流口水了，可是骨头有主人，小狗不敢吃，所以去啃树叶，对不对？还是一只小猫抓着本来要尝尝的，后来来了一群人把它吓跑了？……

我的想象没完没了，所以，父亲的故事也没完没了。父亲总会接着我的猜想把故事讲下去，而父亲讲的故事总是那么长，今天、明天、后天，父亲的故事还总能连得上。每当父亲把我开了头的故事讲完的时候，我的收获远比自己的猜想多了很多，也完整了很多。

到后来，我才明白，那就是我最初的口头作文。

父亲给我的提问和猜想，在上小学之前为我打开了想象的大门，这扇门，让我看到任何一种事物时，习惯去观察、去“编造”，而这种训练，也成就了我喜欢读故事、写故事的爱好。

关于泡泡糖的事

大一点的时候，因为听的故事多，我能“编”的故事也更多了，慢慢地也能讲得长了。

快上一年级的那个暑假，姑姑从上海老家给我寄来了精致的铅笔盒，上面画着一座彩色的城堡。打开铅笔盒，我忽然发现里面还有一盒泡泡糖。泡泡糖是长条形的、扁扁的，糖纸上画着一位公主样子的女孩。那时是1978年，泡泡糖简直是不多见的美味。一盒子五十块儿，但我想随心所欲地吃完它也不容易！一是因为它是甜食，二是因为零食要省着吃。所以母亲规定，一天最多吃两块儿。可有时吃完两块儿，我真的还想再吃。

母亲就会严厉地说：今天全吃完，明天就没有了。

而父亲就不一样了。他会在我嚷嚷着要吃第三块儿的时候，拿着我剥下的糖纸，问我：“这糖纸上画的是什么？你说说。”这时候，吃糖的兴趣会忽然减弱，因为我知道，又有故事猜、又有故事讲、又有故事听了。

于是，当我把糖纸上所有看到的元素，如穿裙子的小女孩、一棵小树、一个大大的泡泡等都描述一遍之后，父亲便开始对我的描述进行“夸张和补充”——这张糖纸上的女孩子是一位公主，她来自一个没有人的大森林，有一个下雨天，她的雨伞丢了……父亲的故事结尾时，这个大泡泡成为看不见的雨伞，一直在小女孩的头顶上空，为她遮风挡雨。

记得讲完这个故事之后，我的注意力就转到了“怎样把泡泡吹大到可以当雨伞”那里了。

在那之后，我渐渐明白，原来身边的每一件东西都能在观察和想象之后进行描述和夸张，而这也正是小学作文常用的方法和技巧。

从那一天开始，泡泡糖纸在父亲的讲述中变得和泡泡糖一样香甜了。

关于泡泡糖，父亲在周末还搞出很多新花样儿。

一天下午放学回家，父亲突然在厨房喊我：“小家伙，你来一下。”当我走进厨房，看到父亲手里拿着一块像泡泡糖一样的东西，我很奇怪。这块糖的颜色比姑姑寄来的白了一些，尺寸小了一点儿。正在我奇怪的时候，父亲对着我大声说：“你过来尝一下，这是我做的泡泡糖！用洗过的面粉和牙膏混合起来做的。”“啊？你做的?!”当时的我高兴极了，虽然父亲做的泡泡糖的颜色和样子差了点儿，但刚入口的味道真的和姑姑寄来的差不多，看来，以后我就可以大吃特吃了。

但令人难过的事情发生了。父亲做的和姑姑寄来的终究不一样，我开始感到失望。而父亲似乎很开心，父亲看着我苦恼的模样，笑着说：“把你今天放学回家后的经历和感受写下来，当一篇作文交给老师，看看老师会给你什么评语。”

于是，第二天，《一块难吃的泡泡糖》诞生了，还被老师张贴到了班里的墙上，我瞬间忘记了难过，因为，“看样子很好吃”“刚入口也不错”和“越吃越难吃”的情状都一一被我记录下来，我受到了表扬。

之后，在小学阶段，我的作文总是有很多可以写、还能写长的素材。

即使没有父亲的发问，看到云朵、蓝天，我也能写出“一艘白色小船，在蓝色的天空寻找伙伴”；即使没有父亲的夸张，看到小草和鸟，我也能勾勒一个动物家园；即使没有父亲的指点，看到身边的水杯、字典，哪怕是一张被我撕碎的小纸片，我都能把它们变成作文。

儿时的游戏已经远去，但父亲让我学会了小学作文的几个要素——提问、猜想、观察、想象、描述、夸张、体验和记录。后来的我明白了，父亲给我的这些提问和猜想，让我愿意思考表达；带我观察和想象，让我打好了作文基础；教我大胆地描述和夸张，让我积累了写作技巧；鼓励我真实地体验和记录，让我成就作文的精彩。

至今，每当看到树叶和泡泡糖，我都会记起有父亲的“猜猜猜、讲讲讲”的不一样的童年！

最好的礼物

题 记

爸爸的最爱是书，他同时也传给了我读书的爱好，我会传下去，至少在我的家里，在我的周围。

在我小时候的记忆中，爸爸就是和一本本书、一摞摞书稿、一张张书桌、一排排书架连在一起的。他眼睛深度近视，也和书、书稿、书桌、书架脱不了干系。

他坐在我们家那张破旧的书桌前，不停地翻阅；他站在我们家那唯一的小书架旁，不停地查找。记忆中那翻阅和查找的动作是我再熟悉不过的。

于是，在我个子还很矮、要踮起脚尖才能够着书架的时候，我就开始学着他，不停地、一本一本地从书架上拿下书来，帮他放到书桌上。其实我那时根本不知道父亲要用什么书，要找什么书。爸爸看着我笑着说："小家伙，你也喜欢书？等你长大了，爸爸给你买很多书好不好？"虽然，当时我还不懂书的价值，但是我仍然兴奋地点点头，我期待着那份礼物——书。

书和书架，似乎占据了我童年的大部分记忆。

上学前，偶尔不想去妈妈学校的托儿所了，或者妈妈带学生外出，爸爸就会带着我去上班。我到了爸爸的单位就变得很乖，每一次，我们都会提前几分钟到单位，然后爸爸带我去他们出版社的图书资料室找小人书给我看。跟着爸爸穿行在一排排高大的书架间，我感到很新鲜，但走着走着就和爸爸走散了。走散了就会有些害怕，但我不会哭，爸爸说我小时候很少哭，我会第一时间跑到没有书架的相对开阔的地方，等着那个头发卷卷、不停地在书架间走来走去整理书的奶奶，奶奶看见我就会说："又找不见爸爸了吧？呵呵，跟我到桌子这边来，奶奶给你看小人书。"

过不了一会儿，爸爸就会抱着一摞书从书架间走出来，然后笑着对我说："又麻烦奶奶了吧，奶奶给你看小人书，你给奶奶什么呀？给奶奶背诵一首唐诗吧？”“嗯。”我点点头。五岁前，“背唐诗”似乎是爸爸要我“回馈”他同事的唯一礼物，不管是同事给我糖吃、给我玩具玩儿，还是给我小人书、铅笔什么的，只要爸爸一说“背唐诗”，我就会立刻立正，站在叫不出名字的叔叔阿姨的办公室空地中间，“哇啦哇啦”背起来，直到掌声盖过我的背诵声。

看书、背诗，也随着爸爸的“炫耀”成为我的乐趣所在。

而那份爸爸答应我的礼物，我也一直在期待！

爸爸没有食言。

我十二岁生日那年，他送我的生日礼物是一套《外国经典童话故事》。

记得爸爸送给我这套书的时候，语重心长地对我说：“你一定要多看书，书里有好多东西是你一生都用不完的。”

而我当时开玩笑说：“不就是童话故事吗？里面有好多都是假的。”爸爸却很严肃地回答：“那可不是‘假’的，那里面充满着想象。你知道吗？人一定要有想象力，想象力能帮助你进步，它能开发你的大脑……”

我十八岁生日那年，爸爸送我的生日礼物是一套《中国名家散文集》。

记得他送给我这套书的时候，仍然是语重心长地对我说：“我看你开始写文章了，而且报上也登了几篇。你可千万不要沾沾自喜。你的文笔、逻辑还差得很。很多名家成名的作品内容并不是那些虚构的东西，而是他们在实际生活中积累的真实素材。如果真想写好，你还是先从身边的小事写起吧！这套书里的作家写的都是小事，但是都很动人。”

在我结婚前买家具的时候，爸爸特意送了我两个又高又大的书柜。而且随着书柜，爸爸还送了我几大箱子的书，足足把书柜填满了！其中历史、经济、文学类的书占去一大半。他还是一如既往地语重心长：“你现在不仅写文章，而且也开始编书了。我送你这些书，一是想让你读，在读的过程中你能不断地积累知识和经验；二是想让你学，这些书都是很好的，而且书中大都体现了编辑意图，你一定要仔细学学别人为什么编这些书，然后再仔细琢磨一下这些书的优点和缺点，琢磨出来了，你在编书的工作中一定会有所收获！”

直到后来，我仍然时不时地从爸爸家的四组大书柜里拿走一两本我喜欢的书，每次拿书的时候，爸爸都在旁边喊："又偷我的书！"但是在我回答"偷书不算偷"之后，他总会欣慰地笑着说："拿吧，拿吧！就当我又送你礼物了。"

爸爸说过，书，是最好的礼物。

后来的我，已成为"为人作嫁"的编辑。

在爸爸七十岁那年，我亲自为他编了一本纪念集并且在山西人民出版社出版。集子中收录了爸爸近四十年累积的重要文章。包括他在报刊上发表的杂文、他插队大寨时候的日记，其中涉及他和同伴共同撰写图书《大寨红旗》的特殊经历（《大寨红旗》这本书在20世纪70年代曾被翻译成日文、英文、德文、法文等多国文字，这些外文版的书至今珍藏在我的家中）。还包括他从事编辑工作、担任社长时策划选题、组稿、出版精品图书的感悟和智慧，他创建山西经济出版社的过程和获得的荣誉。书的名字叫《七十耕耘结书缘》。书的序言是出版家吴道弘先生写的，后记是我写的，封面肖像是弟媳妇亲手画的。

那本书，作为父亲七十大寿最好的礼物，由我们送给父亲，真的很开心。

如今，父亲已经过世，但父亲教育我如何读书编书、读文写字的每一句话，早已镌刻在我的生命里。

“书，是最好的礼物”，成为我和父亲之间永远的共识。

琴键和插花，连环画和小山羊

题 记

对于出生于20世纪70年代初的人来说，“童年很快乐”好像是一件不常见的事情，但我想说，我的童年真的很快乐！

琴键和插花

我的妈妈曾是一名退休教师，退休前，她一直在省里的一所重点小学当老师，任职时间超过了35年。

她刚入职的时候不到20岁，代音乐课。妈妈是20世纪60年代正规的师范生，那个时候，师范生学得很全面，音乐、美术、语文、数学都学，还很精通。

童年的记忆中，黑白琴键在我的眼里是最神奇的也是最美的！

妈妈的那架红色的带黑色纹路的手风琴在一张一合之间，音符从黑白琴键中蹦出，然后汇合成一首美妙的乐曲。妈妈弹风琴的时候也很美，虽然我看不到她的正面（我的个子低，风琴比我高，总是会挡我的视线），但我知道，她的脚在踏板上一起一落，同时手指在琴键上来回舞动，音符就会随之蹦出，成为美妙的旋律。若妈妈拉琴或者弹琴的时候突然停下，我就会很着急。

周末，妈妈会在家里拉琴，在这之前，她会给我换上漂亮的裙子，教我一段舞蹈。然后，在音乐响起时，我就会舞起来。

至今我仍然记得，我5岁时，妈妈教我跳西藏舞的画面：妈妈示范的舞蹈动作，虽然简单却很好看，我几分钟就学会了；妈妈用一条条彩色纸贴在我裙子上做出的“藏服”，虽然简陋却特别耀眼。

我还记得，在学校托儿所的时候，如果想妈妈了，我就会偷偷溜出去，然后站在操场上听，在一排平房教室前，哪个班有风琴声、歌声，我就会跑过去蹲在那个班的门口，等妈妈下课，直到托儿所阿姨发现我又溜出去了，拉我回去。

后来学校缺语文老师，妈妈就转代了语文课。

妈妈工作特别认真，而且教学质量还很高。几乎每一届带的班都是年级的重点班，她的班上人数总是超员，最多的一次她的班上有96个孩子，我去她的班上玩，只看到一条窄得不能再窄的过道，过道两旁挤满了人，以至于即便是大冬天，她的班里也暖烘烘的。

自从妈妈代了语文课，我即便蹲在操场也听不出妈妈在哪个班了。而那个时候，我也快上小学了，好像乖了一些，不再从托儿所偷偷溜出来了。我偶尔也会在托儿所闯下“大祸”，比如掰手腕掰不过同伴，急得打人家。这个时候，无须我去找妈妈，托儿所的阿姨就会喊遍校园，直到妈妈急匆匆赶来。如果我闯了祸，妈妈来了，绝不训我，而是第一时间询问被我推倒或者碰伤的同伴，然后再带人家去医院。回到家，妈妈才会和我严厉谈话，和我讲道理。在我的眼里，妈妈温柔的时候更多，当然，严厉地起来也非常可怕。

虽然我的童年里拥有爸爸给我讲故事听、给我摘丁香花、给我买童话书的快乐，但爸爸外出写书的日子更多，我在7岁前见不到他的日子好像更多。所以，妈妈对我的陪伴和爱更多、更细致。

妈妈会在百忙之中用罐头瓶给我插漂亮的花，种至少三种颜色的洋绣球；还会在我的白衬衣领子上绣红色的草莓图案。20世纪70年代，整栋楼的人家，只有我家才能看到妈妈的漂亮的插花。直到现在，美丽琴键和漂亮插花也是我的最爱！

连环画和小山羊

那个时候，妈妈带回家要批改的作业特别多。

我记得，我们家仅有的那张破旧的、有着很多划痕的小书桌上，常常堆得满满的：一半堆放着爸爸带回家要修改的稿子，一半摞着妈妈带回家要批改的作业，还有他俩共用的红色墨水瓶。我小时候很淘气，但似乎知道红色墨水瓶的大用处，居然一次都没有打翻过。

爸爸妈妈忙起来，几乎没时间和我说话。我的快乐，大多来自爸爸带回家的连环画、妈妈给我订阅的儿童画报和邻居哥哥姐姐带给我的他们自己做的玩具。

从我记事起，家里好像就没有缺过我想看的书，尤其是各种连环画。直到现在，我家二楼的书架上仍然有一层整整齐齐摆放的文物级的“小人书”，当时有的定价只要7分钱。

童年的记忆里，还有隔壁的哥哥和楼上的姐姐。我见的第一台黑白电视机就是隔壁哥哥家的。就算和院子里的小朋友都闹翻，哥哥也从没丢下过我。所以，他们家的电视机我应该是看得最多的。

1976年妈妈放暑假，我四岁半，那几天应该是我童年记忆中最开心的日子。

一天下午，妈妈突然说：“带你坐车去爸爸写书的地方，好不好？”兴奋的我连话都说不出来，只会拼命地点头。不一会儿，一辆绿色的吉普车来到楼门口，一位叔叔接我和妈妈上车。

爸爸当时在一个县城写书。我们住的城市到那个县城，车程将近3个小时。一路上，我的眼和我的心都在忙，一边看在城市里很少看见的风景，一边用爸爸教给我“编故事”的方法（“编故事”的方法在文章《树叶和泡泡糖》里写过），为路过的树和草、行人和小动物猜想它们的过去和未来。

走了很久，一群小羊挡在了车前，开车的叔叔停了下来。只见小羊排成一列列，一扭一扭地穿过马路，我那时应该是第一次见到真的羊群，小羊有两只尖尖的角，一身雪白的毛，我觉得比连环画书上的好看多了。自从见了真的羊群，我就开始盼着如果我能有一只羊，该多好。

车子很快行驶到了爸爸写书的地方，快到我觉得只有一眨眼的工夫。现在回想，是因为我完全沉浸在羊群之中忘记了时间。

见到爸爸又是一阵兴奋。

接下来的时间，爸爸带我看的都是我在城市中见不到的景色：无边无际的田野在阳光底下会变色，朝着太阳的地方是橘黄色，背着太阳的地方是橘红色，还有的地方是褐色；田野的边上，我不仅看到了更多的小白羊，还看见了黑色的羊；看见了马拉着车和车上的玉米，车上居然还坐着和我差不多大的孩子。我当时真想牵一只羊，像那个孩子一样坐在马车上。当我和爸爸、叔叔说出我的想法时，爸爸哈哈大笑。叔叔说，走的时候给你带一只羊回去。

那一天，我记住了乡村很美，很多地方美过了城市；那一天，我还记住了叔叔的那句承诺。

接下来的几天，无数种颜色的野花、好多种绿色的野草、河中央安静的野鸭子，都成为我快乐童年里抹不去的记忆。那几天，我总能见到一只和我差不多高的小白羊。

时间过得好快，我知道我得和妈妈回家了，让我开心的是，爸爸和我们一起回家。绿色的吉普车又开了过来，叔叔站在车下送我们。吉普车后备厢的双开门打开的一刹那，我看见了一只小小的白羊，它好像半蹲在大大的笼子里。哇！太开心了。叔叔说话是算数的！

“这可不行，带回去没地方养呀。”爸爸妈妈赶紧说。

叔叔说：“小家伙就喜欢它，带回去玩玩送给农贸市场啥的就行了。”

“不行不行，”爸爸说，“她要喜欢，我再带她来看。”

“绝对不行，”妈妈说，“回去工作太忙，真顾不上养。”

最终，那只小白羊在我含泪的目送中下了吉普车。我小时候不是很爱哭，但那一次，我哭了，而且我看见，那只小白羊的眼睛里也有泪。

车子开了好远，爸爸突然喊我："小家伙，你看，旁边的车上有很多小猪，它们会去哪儿？"

孩子毕竟是孩子，试图继续哭的我，停下了即将流下的眼泪，开始观察旁边卡车上的粉色的小猪。

它们从哪里来？会去哪里？

小白羊没上车的事情随着爸爸和我的"看看看""猜猜猜"淡去了。

虽然过了好多年，我还是很想念那只差一点就能跟我回家的小白羊。

我的记性很不错，所以，童年很多记忆总能留存在脑海里。日子一天天过去，我，快要上小学了。对于上小学，我好像从未感到恐惧，因为妈妈学校里的房子和树，早已经不陌生了，只是觉得长大了有一点闷，特别是当爸爸妈妈不在家的时候。所以让我感到特别高兴的是，在我7岁那年，我亲爱的弟弟出生了，小小的圆乎乎的机灵的他，又成为我童年的新宠。

致敬小时光

题记

很多让内心有舒适感且得以宁静的旅途小时光，都值得庄重地用文字留下来。它们不仅在眼里，更入了心。

我曾经走进英国的博物馆赏绝世的艺术，到意大利的皮具店看工艺的精致，在法国的车站品行人的优雅，去东南亚的水果园尝少有的甜蜜，并在旅途中一次次被异国他乡的独特风土人情和旅途中的美好深深吸引。但在我的记忆里，让我的身心都能完全沉醉在风物之中的，终究还是珠江的船、桂林的鱼、鼓浪屿的贝壳、用直古镇的民宿、汉正街的热干面和宽窄巷子的雨。

三月的广州，很舒适。我们住的珠江公寓，临着水，给人温润的感觉。早晨起来，不仅能看到橘色阳光流淌在水面，浮光跃金，更能因流动的水产生与文字密切相连的灵感。夜晚走近，往来的游船霓虹闪烁，反射在江面的斑斓光影似乎在告诉游人，我们一点也不惧怕黑夜！珠江的晨与夜，将光与亮毫不吝啬地赐给我们，于是，我们生发了前所未有的创作灵感和出版冲动——五十天，做一本畅销书！看着两个月十一万册的销售纪录，谁会想到，这本书诞生于一首深夜传遍大街小巷的流行歌曲？

爱上桂林的鱼和阳朔的咖啡，是在春暖花开的五月。

好不容易休假，和高中时期的女友一起起飞。女友裙裾飘扬，但临上飞机的那一刻，她忽然说，还是换裤装吧，等遇见了旷世的山水，再换裙裾飞扬。看我表示赞同，接着问，你说会有美丽的遇见吗？我说，一定会，要相信心想事成的力量！飞机落地，饱尝桂林江边美味香鱼之后，乘着游船过漓江，在小学课本里见识过的甲天下的美景扑面而来，山青、水秀、洞奇、水美，千姿百态的石刻，让我以为在画里，这美景，用任何语言都无法形容。进入阳朔，我们和他们相遇了，将近二十年未见的同学，真让人欢呼。他们说，毕业之后就想来了，但时机总不成熟。只有这一次，是笃定的相约，任什么理由都阻挡不了。从邂逅旧友到相约看剧，青春忽然返回了，我们像乘坐了在电影里才有的时光机！我们雀跃！观看令人震撼的《印象·刘三姐》，如果我们生活在那个年代，说不定会迷恋上水中的翩翩起舞；品尝阳朔风情万种的卡布奇诺，顿生索性辞去工作，留在这里每天早起晚睡守着咖啡豆写文的惬意。那一趟，女友始终都没有换裙装。我想，她大概和我一样吧，怀揣着憧憬，与友情相遇，已经满足了。这种满足，会带来对下一次邂逅的期待，到那个时候，我们再让裙裾飘扬。

去鼓浪屿、甪直古镇和汉正街的时间，恰巧都是炎热的夏季。

鼓浪屿夜晚的风，像默不作声走来陪我看海的少女，柔情多一些。看过海，她还会示意“到海边采些贝壳和海星回来吧，再把它们涂成蓝色或者粉色，挂在脖子上或者戴在手腕上，当项链或者手串，很美的”。听了她的话，你会跟着她，走向海星和贝壳，去听海浪与礁石的对话。

甪直古镇的作文博物馆（兼作民宿）里呈放着叶圣陶先生的诸多手稿，徜徉在字里行间，感受不完的静谧与清凉，住上多久都不会厌倦——除了古镇的文化渊源和石刻精彩，还有每间民宿的鲜明特色和应接不暇的热闹街市。

汉正街，如果不是作家池莉对极其诱人的多元化、多角度的生活场景的活灵活现的描写，谁又会结伴在最炎热的夏季前往？可见，中国作家与中国汉字的结合有多神奇。

我一定要去一次成都。那是上学的时候就有的愿望。在一个9月，因参加会议，我到达了成都，那几天的成都，哪里都是湿漉漉的，无论下不下雨。在那里，我看到了天色未暗就迫不及待跑出来的成都人的“成都式休闲”。看！小铺子门口早早地就摆出了“惬意三样”：陈旧却光亮的小茶桌、栗子色的小泥壶和纯木色的小凳。这三样再加上写着“5元茶水”的小竹牌，看似简陋，却溢出悠闲的气息。夜晚十点半之后，依然可以在9月的细雨之中，看到华灯初上的街巷，明亮，悠闲，一家接着一家，隔着窗，飘散着酒香，弥漫着茶香。置身那样的氛围之中，我们几个相约关掉手机，顾不得文化人的腼腆与修养，竟高声合唱起来，茶歌和山歌轮着唱，来来往往的人一点不觉得我们奇怪，在宽窄巷子里，我们用不知疲倦地欢唱和不怕路人异样眼光的胆量，致敬了成都的时光。

记忆中，还有很多珍藏于心底的风景也都在国内，比如人来人往的上海，细声细语的苏州，夜景繁华的大都市，清晨落雨的小城桥，时尚的维多利亚海港，虔诚的妈祖庙。这些风景之所以在我心里留下了深深的印记，是因为它们的骨子里刻着“祖国”两个永恒的字。

南华门的小院记忆

题记

山西省太原市南华门，山西省作家协会曾经所在的那座院子，我是真心喜欢，从上高二那一年就开始了，直到成年。

采访冈夫

我第一次走进太原市南华门的作协小院，是在高中时代。

那个时候，因为特别喜欢读书写字，通过投递文章、面试等环节，我成为太原日报《希望》版的小记者。

那时，最开心的事情就是盼望着每个周末的来临，因为只要是周末，无论太阳高挂还是大雨倾盆，都不会阻碍我们到太原日报社的副刊部集合，跟着我们的老师——陈威学习采访、写作的技巧。一般的程序是：陈老师布置采访任务，接着讲授与当天任务相关的采访技巧和写作方法，然后我们组成采访小组，有时候也会成为独立采访人，最后拟定采访提纲，跟着老师出发，到达采访地后和被采访对象详细交谈、搜集资料文字，采访结束后再回到副刊部形成初稿，初稿经过老师的指教、修改后，再誊写整齐，然后上交等待发表。这样学习、采访、成稿、登报的成就感与荣誉感镌刻在我高中年代的记忆中，还记得那个时候，每当采访稿或者读书笔记见报，爸爸都会奖励我一本书作为礼物。

一个周末，我们还是早早地就到了副刊部的那间大大的办公室，等待陈老师给我们“下达采访任务”。这一次，当我们听到采访任务是去南华门的作协小院里采访作家爷爷时高兴得一蹦三尺高！只听陈威老师大声喊道：“嗨嗨！你们能不能听我说完？”那个时候，太原日报的陈威老师是我们每个小记者都尊敬且喜爱的老师，她好像从来没有和我们发过火，每次教我们采访写作都特别认真，口才也特别好，而且讲课还很生动有趣。她一般很少和我们高声说话，但今天，她的“嗨嗨”声特别高，比平常应该高了五倍以上。但对我们“一蹦三尺高”的孩子根本没用，我们依然欢呼着。陈威老师索性安静下来，坐在办公桌前看起了书。我们可能是蹦累了吧，忽然想起陈老师好像还没交代完我们其他的注意事项。很快，“听话”的我们跟着今天很严肃的陈威老师出门了，去我们满心向往的作协小院。

那一天，十七岁的我，带着急切的渴望，先是很快参观了作协小院，然后又踏入了山西省作家协会家属院（在作协小院的旁边），在著名作家、诗人，有着八十五岁高龄的冈夫先生的家中进行采访。得知他散步去了，才想起早就听说冈夫先生的生活是很规律的，散步是他的爱好和规律之一。我留心看了一下客厅的布置：首先是一幅“雄鸡一唱天下白”的条幅，还有一幅色调很美的山水景物画，其次是高大的摆满了书籍的玻璃门四层书柜，柜内柜外的书满满当当，标准的“书香门第”。正看得出神，冈夫先生走了进来。眼前的他虽步履蹒跚，却是红光满面。当我说明是太原日报《希望》版的小记者，想请他谈谈创作历程和写作经验时，他连声说：“好！好！好！”他的爽快言语流露出对我们年轻一代的关心和爱护，使我很感动！

谈到创作历程时，冈夫先生颇有兴致地说："我是十四岁考入山西外国文言学校的。在校时就经常写诗，不但写，还表演小品。从中学毕业后一年，便开始在报刊上发表诗歌了。对我写作影响很大的是毛主席在1942年发表的一篇关于文艺的讲话。当时我们是在太行山区文联工作，'讲话'是以手抄本的形式最先传到我们那儿的，它对我的触动很大。'讲话'中最重要的一点，就是告诉我们写作应从实际生活出发，写到人民心里去，这样才能引起读者的共鸣。"

也许正是由于这点，先生才写出了反映当时战争生活的许多优秀作品。《我们是来了》气势雄壮，《我喊叫》令人振奋。

采访中，我还得知，他做过党的地下工作，旋即被反动派监禁多年，坚贞不屈。出狱后，又投身革命，并且坚持以诗为武器，抒发自己的爱和憎。他，经历过血与火的洗礼，也经历过动荡的岁月。也正是坎坷的生活经历丰富了他的写作源泉，一本又一本诗集相继出版。1954年出版了诗集《战斗与歌唱》，1956年作家出版社又重印了此书。长篇叙事诗《红花绿叶词》被《解放军文艺》

等转载。1985年山西人民出版社出版了《冈夫诗选》。那一次我还提前知道，他的诗集《远踪近影》也即将出版。

谈到中学生应该读些什么书时，冈夫先生说：“中学生读书应该广泛地读，但也要有选择地读，要既博又精。”

看得出，他对青少年是寄予无限希望又很愿意帮助的。

和冈夫先生还谈到“代沟”的问题。

在《冈夫诗选》的后记中，他这样写道：“我和几位青年诗人合作的过程中，所谓‘代沟’的阻隔，并非那么不可逾越，而是大有灵犀一点可以互通的感觉。”

那天的采访，让我深深感受到，冈夫先生是一位愿意和年轻人接近、充满活力的老前辈！

那天上午，结束采访后，我看见作协小院一束光照向我，跟着光一起冲过来的还有一棵小树，使劲地和我挥着手，我知道它在和我说：再来哈！一定再来！

走近马烽

直到成年，我都还记着伴着光冲我招手的那棵小树。

成长的路上，读书写字一直没有停过，也是得益于坚持读书写字的爱好，我毕业后进入杂志社当了一名记者，七年之后又进入出版行业。进入出版行业之后读书写字就更多了，于是我又有幸成为山西省作家协会的一名会员。后来，多次走进过作协小院。

每一次，我都不会直奔办事的地方，我会在院子里先发会儿呆，看看枣树，摸摸爬山虎，拂拂圆形拱门，如果遇上秋天，我甚至会拿起墙角的应该是废弃的扫帚聚集一些落叶，直到门房大爷喊我“嘿！干啥的？你找谁？”时，我才赶紧认真回复，然后去办事。总之，每次进小院，没有个把时辰我出不来。即使人已离开，心好像还能逗留很久。我知道，作协小院除了文字吸引我，还有气味，这气味更多的是厚重的晋土的气味，这气味中明显有勃勃的生机，四季都有。春天，它们藏在树芽；夏天，它们躲在雨中；秋天，它们熟在枝头；冬天，它们封在雪下。它们知道，来年，还会在芽上冒尖。

进入出版行业，接触的作家越来越多了，去作协小院、家属院与作家谈稿、约稿的机会也越来越多了。

2020年秋末，我供职的长江文艺出版社决定出版著名作家马烽老师的《刘胡兰传》，我再次走进了山西作协家属院的另一个作家小院——马烽先生的家。马烽先生去世多年，他的手稿出版事宜都由他的女儿段梦妮老师代理。

“彦玲，你来了，进了大门，顺着一条小路往后走，过了作协小院，上个小坡左拐，停下车以后告诉我，我出去接你。”电话那头，马烽老师的女儿说话声音非常好听。走进作协小院无数次，但经过小院走进作家前辈自己的院子的机会却不多。车子停下，打过电话，没一分钟，就看到她走出了家门。她穿得很朴素，但是非常漂亮，笑容很灿烂。我见到她的那一刻，忽然知道她的声音里的柔美和爽朗来自哪里了，来自知书达理，来自安静慈祥，来自干练，来自自信，而这些，我坚信都是骨子里带来的，且有着文化的基因。

“我们在屋子里还是去院子里？你说。”她问我。

“院子里。”我也不知道我对院子的情怀是从哪里来的，好几次换房子，我都渴望有一个小院子，但每次都难如愿，所以，无论是到朋友家或者老师家，只要有院子的，除非寒风在袭，我都会选择院子里见面。

穿过马烽先生家盛满记忆与荣耀的客厅，穿过雕塑与版画，穿过书香弥漫的书阁，我们坐在了院子里，一杯茶递来的瞬间，我已经对院子里的花草树木盆罐桌椅生出了情感，我知道，这情感里更多的是小辈对先生的致敬。先生的笔下，从细微之处、简洁之处、朴实之处写故土、故情、故人的字里行间，哪一段文字里没有深藏着土壤树木乃至草根特有的精神？这精神的颜色更多的是红色甚至血红色。

“我们长江文艺出版社想做一本马烽老师的《刘胡兰传》，还想做一本拼音的简化版，全传可以删减直接做成简化版吗？”我们谈入正题。

“我父亲的原稿，这么多年原则上是不能删减的，而且从我的内心深处也不想删减任何一个字，每一段文字都是他用心锤炼出来的，他的这些文字这么多年来也就成为他留给我们的最后的最完整的文学记忆了，你能理解不？”

“能!”我迅速回答。

忽然间，我觉得今天来，签署的不是平常的出版合同，是在向一个女儿要他父亲留给她的记忆、念想或者说刻成文字的不舍的遗言。

“如果你们还想出版拼音版，你看看这个可以不?”她递给我一本略微发黄的书，书名是《刘胡兰的故事》，作者是段杏绵。她看出了我的诧异，说，“段杏绵是我妈妈”。

那个下午，在所有植物都在和我们微笑的作家院子里，我签下了《刘胡兰传》和《刘胡兰的故事》两本书的出版合同。我也看见，马烽先生和段杏绵老师的女儿段梦妮对父母的又一次庄重的告慰！后来我又去过几次，我知道了段杏绵老师是山西作家协会儿童委员会的第一任负责人。

难怪，段梦妮老师的声音清朗，我想，一定是父亲带给她的力量一直都在；她的笑容纯净，我想，一定是母亲带给她的童真吧!

在别人的感动中越发感动

题记

从小，我看到的风景大都在书上，因为忙碌的爸爸妈妈根本没时间带我出去。所以长大以后，我对书里的风景依然很痴迷，而对现实中的风景感觉不是很强烈。直到这一次，在别人的欢呼声中，我对身边的风景上了心。

童年，我看到的风景，大多是在书里或者家里。

那时，爸爸妈妈的工作都很忙，爸爸还总出差。妈妈每天从学校回来，既要做饭收拾家又要批改作业，偶尔闲暇时还想把很小的家用碎花布或者格子布装饰一下。墙角的一个翻盖扣箱被妈妈立着，我一直喊它“立柜”。在那个上面，总有妈妈铺着的一块好看的布，还会有用罐头瓶插的塑料花或者野花，而“立柜”及周边，是小书架上一摞摞的书，在家中找风景或者在书里跟着文字领略风景，成为我童年的习惯。

长大以后，无论国内还是国外，无论走到哪个景区或者哪个展区，我都不会太用心去琢磨身边的风景，好像更爱在风景里找与书上字里行间对应的文化、情感与情绪。所以，看到风景，我都会从片刻出神到长时间走神，不会专心去品味。我也知道，错过了很多好的风景。

这不，这一次，又该“走”风景了。而我，依然决定随同“走”风景继续走神。

在风景如画且充满历史文化气息的酒店，开了连续三天的文学创作会议，会议很精彩，每位作家或者专家的发言稿里，风景斑斓，我听得很过瘾。本想会议结束回去品味研究，不承想，来自五湖四海的文学友人提出，让我陪同一起前往我熟悉得不能再熟悉的山西三大景观——五台山、云冈石窟、平遥古城参观，去采风。

这三处风景，在我当记者的七年间去过好多次，路线很熟悉，熟悉到在路途中我可以侃侃而谈、甚至可以冒充几分钟优秀的导游。

但对于实地游走，我已经做好了再次“神游”这三处景观的准备。这些景观，大小地名早已背熟，风景也算“看”够，但与来自二十几个城市的文学友人一起同行的这次，居然让我有了一路的全新体验——那是一种从未有过的自豪感。

自豪感不是发自我，而是发自“大呼小叫”的他们！

就是因为他们一声声此起彼伏、惊讶万分的赞叹与呼喊，引发我无数次驻足，无数次从遥望到上前，在他们的惊叹中，我好像才第一次感受三晋大地两千五百年之久的醇厚的历史，惊叹山西地上文物的盛大与耀眼，以生长在山西而骄傲。

“哇！太不可思议了！”

“哇！太了不起了！”

“哇！太神奇了！”……

在这赞叹中，自豪感不停地从我的心里涌出，这些在我眼里熟悉的风景，瞬间无比高大起来。

现在回想，他们的羡慕满足了我的虚荣——所有同人无一例外都在羡慕我，居然生活在这么多瑰丽难得又传世千年的风景之中。

那一次，我看到他们久久不愿离开。

随着诸多人的羡慕，我开始用心投入这次非同寻常的自豪之旅！

人也许就是这样，自己生活的地方待久了、风景看惯了、故事听多了……就会习以为常，就不会再欣喜。

其实，仔细想想，自己在匆匆忙忙的生活中忽略过多少风景？现实中的风景，虽有的不及书中描写，但壮观传世留存千年的风景一定不会有人写得比现实中更为瑰丽震撼。刹那间，面对三大景观，对曾经的"路过"、曾经的走马观花、曾经的虎头蛇尾，心中浮现余秋雨先生有关山西的著名的那四个字。

那么多次的旅游，体验到的那一点点，今天才由衷地发现：仅仅是盛大之中的皮毛而已。而三大景观里真正深邃的内涵，真的是需要如读书一般，用心地一边观看、一边思索、一边感受、一边回味的。

这一次，我忽然又发现，“想”和“感受”都会耽误“看”的时间。

这一次，我心生强烈的欲望，把风景尽量看完整，真心想“不枉此行”。

所以——

这一次的走，是完全的身心合一的同步游走，没有一点杂念；

这一次的看，是在一处处大景观中面对小细节的把玩，比如抚摸历久的铁钉门环和木刻石刻时，那外表虽然已经粗糙但绝对看得出技艺的细腻与精湛；

这一次的聆听，是耳朵一刻都不得闲的捕捉，导游的解说词居然也像名家游记一样悦耳起来；

这一次的积累，让曾经忽视过的风景丰富起来；

山峦间的静谧，忽然显得灵动无比；石刻里的传说，刹那间跃然眼前；街巷中的故事，仿佛瞬间就深深写进脑海。

这一次的走，是切切实实的走，没有一丝丝的逛。

思索和感受，和偶尔也会非要挤进眼帘出现的瞬间空白，将我——

带回到正在做着宏大法事的五爷庙的千人大场面上；

带回到千百年前，数万民众呕心沥血、用超人的毅力和工艺精湛的双手，建造并彩绘出直入云霄、壮美石窟时的大智慧中；

带回到有谋有胆有识的晋商之票号通达天下的气魄里！

看着这些原本就在身边的非同一般的风景，我在心里呐喊！

四季都有佛光普照的五台山，我来了！清晰与恍惚中，白塔在众多庙宇和来往如梭的脚步中，更显现出了从未有过的风景。我看见，它融汇着世界级的佛学交流，吸引着五湖四海的游客，安慰着类似我这样在喧闹的生活中需要停下脚步、细细品味的人们，它清凉、静谧、宽容。

神秘莫测的云冈石窟，我来了！在仰望、观看、抚摸、遐想甚至想复制的冲动中越发闪耀，外在的气势和内敛的辉煌，完美结合，令人震撼。

荣华彰显的平遥古城，我来了！古城墙的高峻威猛、明清一条街的门窗隔扇、大戏台的动听委婉和山西票号的汇通天下，无不彰显着三晋经济、文化、人文、历史的辉煌，无不寓示着三晋大地的气势。

原本是陪同友人的游走休闲，然而短短的几天下来，身心像得到一次完全的洗礼和升华。

这其中，我知道是“心所致”生发的情感，正如本文题目所示——我在别人的惊叹中越发震撼，在别人的感动中越发感动。

感动于三晋大地历史的悠久，震撼于三晋人民超群的智慧，也由此展望和期待着三晋大地的美好未来。

小逛苏州夜

题记

苏州，尤其是夜，是一个可以让人在无人打扰的前提下，亲近流水与船舶、小巷与曲调的地方，只是这一次，亲近又多了一个——书与香。

山和水比较起来，我更喜欢水。究其原因，我自己得出的类似算命先生的结论是，骨子里带着的，一是因为我是女人，二是因为祖籍南方，第三个嘛，我知道因为与“流动”有关。

一段时间，因工作需要，隔一段时间就去一趟苏州，每次到达苏州，我都有说不出的开心。路途上，所有与苏州有关的文章和诗句都会在脑海里翻腾，好像我的每一次出行，都在竭尽全力寻找曾经在书中看到的景色。

那一天，吃完晚饭，随行的同事已经疲惫不堪，连续三天马不停蹄地实地考察，看似头绪越来越明晰，但离成熟的可行性方案还差得很远很远。于是，有人提议：明天消化所有内容之后再重新整理，而也有人执意要连夜工作。最后的镜头是：一方一再坚持，另一方一再回绝。作为领队，我只能打岔："谁和我出去买水果?"每次遇到问题，我不会横冲直撞，不会硬碰硬，会采取先缓和的方式。

因为，我能理解每个人都在用自己特有的、多年形成的方式生活和工作着，谁也无法强求别人一定要与自己的模式一致。

听到要外出买东西，双方异口同声地回答："我们还是回房间睡觉吧。"争执平息，我放心出门。

我们住的酒店名字叫"书香门第"，在我眼里，它，在苏州本身就是一道别致的风景。

酒店一共有三层楼，江南式的灰瓦、木格样的小窗、庭院里的诸多小建筑，葱郁的翠竹，感觉就像在画中一般。小桥和流水、长廊与曲径，再加上酒店独特的极具苏州园林式的小巧，让任何一个走进它的旅客都觉得，美的极限是精致。客房中与走廊间摆放的书和酒店里的苏式拉糕、烧卖、小麻团互相映衬，读书人、爱书人的满足感会涌上心头。还有步行三分钟就可以到达的公交车站，可以直达拙政园、虎丘、观前街，无一不在诱惑着我。

最诱惑我的还是酒店旁边那条蜿蜒的小河。离开“书香门第”酒店，我将自己投进苏州的夜。

行人不多，但曲调一直有。随便走进一两条小巷，就能听到苏曲的悠扬，再路过一座小拱桥，就能看到流水和船舶相得益彰。那晚，苏州的夜，安静得很，除了细雨绵绵，路上似乎没什么人，一条曲曲弯弯的小巷，越走越深，竟有些害怕了。

忽然，灯火来了，我同时也听到了夜市区的响声。

苏州特有的休闲方式，映入眼帘：推车上的苏烟、小卖部的黄酒、门里的昆曲，一一穿过夜奔涌而来。走过来的江南女子，呢喃着；走过去的江南先生，低语着。这喧闹之中，深夜的苏州，只有我形单影只，但我知道，满眼风景让我丰盈，这风景里混杂着曾经书本里的叙述，唐伯虎、文徵明的传世书画，范仲淹、冯梦龙的大家风范……

从闹市手提水果归来时，忽然想换一条路返回，探险或者猎奇的心，让我早已忘记刚才的幽深无人、令人害怕的巷子了。

眼都不眨，我再次将自己投进苏州的夜，又进入一条小巷。

苏州的小巷真的是太静了，尤其夜里，前面来人或者后面有人，远远地就能感觉到，有时候令人毛骨悚然。于是，我的步子加快了，我开始渴望万家灯火，又走了很久，竟一点儿也看不到晃眼的灯火了。此时的我想返回，已经晚了，我又开始怕黑，又觉得形影孤单。

忽然，灯火再一次来了，我看见了三个字——老书虫。

之前我就听朋友说过，“老书虫”好像是一个老外在苏州开的小书吧（也是酒吧兼咖啡吧）。

这一次，远远望着它，感觉似曾相识。想起来了，它，像我所在的城市里桃园四巷的那间叫“海洋书吧”的地方，通过书吧的落地玻璃窗，我看见了夜本身的幽静，更看见了书带去的活跃。

我，一直深爱着我经过的每一个城市里与书有关的地方，远到英国剑桥市市长常常在周末进去闲逛的小书店，近到家门口的有时候营业员比读者还要多的小书吧，不近不远的有中国最美的欧式书店——哈尔滨的果戈里和北京朝阳的单向街。所以，当我看到“老书虫”，便毫不犹豫地走上前。

“老书虫”在苏州乌鹊桥路与十全街的十字路口，夜里，那么悠闲地、旁若无人地矗立着，拥挤却不显狭小，喧嚣又不失静谧。它有读书人的宁静，还有恋书人的疯狂。茶香、酒香、咖啡香都掩盖不住书香。它身处热闹的十全街，却不喧哗，它承受来往的嘈杂声，还很绅士。苏州的“老书虫”，带着扑面而来的多种味道，让我与苏州的夜再次会晤欢愉。在“老书虫”发呆可以发很久的，人影绰绰与人头攒动丝毫不会影响你细品苏州风韵，深厚的历史积淀成文明脉络穿梭在精致的名胜古迹里，每一处园林都会诱你长久驻足，每一嗓昆曲都会引你跟随哼唱，每一幅刺绣都会点燃装裱悬挂的愿望，每一版雕刻都会诱你镌刻时光印记。坐在“老书虫”，会不由自主地徜徉苏州，苏州的锦绣江南毫不辜负天堂之名！

“老书虫”把苏州的古典与现代在文与字搭建的桥上拉近了。

我，流连忘返了。

恍惚中，我看见了长袖女子在摇扇，听见了卷发先生在吟诗！我还看见，所有人陶醉在苏式亭园中，和我一样流连忘返！

开阔的希拉穆仁

题记

我建议，时不时地带着我们偶尔会纠扯的心，到一个开阔的地方，让它打开。比如，希拉穆仁草原。

希拉穆仁草原，我走进它的时候，是10月初了。

天气已经开始转凉。一年只有这个时候可以放松片刻。但今年的10月，我很难过，心里有很多事情不仅放不下，而且还挽成了结。

比如，冰儿要离开。

一个文字功底比我好，还早早就有经商头脑的女孩，我高中时代最好的朋友，曾经一起哭闹、一起写诗作画、一起去北京考试、一起毕业应聘、一起面对亲人离去的无话不谈的朋友，在处理完她父亲的后事之后，决定离开我们朝夕相处的城市，去南方的一个城市发展。

尽管我知道，那个城市也不远，那个时候没有动车、高铁，坐火车需要一个晚上，乘飞机需要三小时。我也知道，那个城市不仅有丰厚的待遇还有数不尽的机会和满怀真诚的热情，那个城市的工作岗位敞开了怀抱在迎接她。但是我仍然舍不得。

从她说要走的那一天开始，只要和她一起，我就会觉得吞咽是一件很不容易的事，无论怎样吞咽或者借助什么吞咽都无济于事，我知道我们之间的见面会越来越少，我还知道，分别的后遗症也会越来越多。

原本将近二十年几乎形影不离的关系，忽然就要这么转弯了，转弯的原因，作为好朋友的我还无从反驳。我们之间那么多的约定才刚刚开始，为什么这么急？我心生埋怨地问。冰儿知道我的不满，认真地打岔："我们一起开一间书吧吧。我来投资，你来经营。你在这里开，我去那里开，你给书吧起一个名字吧。"

"我哪有时间？赔钱了怎么办？"我没好气地说。

生气归生气，也确实，那个时候我在杂志社当记者，每天采访写稿编稿的事情，忙起来加班都做不完，哪有时间经营书吧？赔钱了怎么办？而且，现在谈这个，一点心情也没有。

“赔不了钱，赔了也无所谓。”冰儿平静地说。

冰儿的父亲在她很小的时候就生了重病，而她母亲的工资也不多，所以，她挣钱攒钱的本事比同龄人强很多。上大学期间，她做家教的时间会占据整个假期，无论严寒还是酷暑，城市的东南西北她好像都去过，甚至她不仅骑坏了自己的橘红色自行车，还骑坏了我的那辆蓝绿色自行车。那段时间，我经常劝她，不要太累把身体搞垮了。而她总是平静地回复：不会的，做家教既能赚钱又能让自己多学一些别的本事。现在看来，她居然这样攒了足够开书吧的启动资金！

此刻，我的眼前，一边恍如从前，一边看着现在：她在我的对面，一件件地收拾行李，有条不紊地说着计划。我一丝一毫帮忙的念头都没有，一句也听不到心里去。她似乎看穿了我，说：“你要帮我，我今晚还可以睡一小会儿，你若不帮，我会收拾到天亮。”

我开始动手了，还是两个人快，在合上行李箱盖的一刹那，她大喊："等一下，我给你一本书，好让你别闲着。"她一边说，一边从箱底抽出一本书，书的名字是《写作可以调心》。我知道，她想让我闲暇时做些事情，不要纠结于她的离开。

收拾完行李，我说，"你去睡一会儿吧，不然明天飞机上会头晕"，而她却一屁股坐在我旁边，说，"今晚我就没打算睡觉"。然后开始说起开办书吧的计划，她的思维缜密在高中就是出了名的，她的遇事镇定自若也是出了名的。对书吧、书店之类的灵感，我似乎一直都有，在如何开书吧这一点上，我俩无比投缘且异常默契。那个晚上，在她的规划和我的想法中，书吧的蓝图从无到有丰满起来。

第二天的日出，好像知道我的全部心事与糟糕心情，特别善解人意，磨磨蹭蹭来得特别晚。

天大亮的时候，冰儿离开了家。我没有去机场送她，她不想，我也不愿意。

也是从那天开始，我盼着社长派我出差去冰儿去的那个城市。事情就是这么怪，以前至少每两个月会有一次去那个城市的机会，从冰儿离开之后，那个地方的采访任务少到半年都没有一次。

那段时间，我有点恍惚。而我家的王先生，总会在我憋闷的时候，带我走到开阔之处！

走之前他说，很多事情会随着时间的推移改变，如果你积极，它就会变得有意义，如果你消极，它会加速你的颓废。所以，那一次，我跟着他被迫走向开阔，走的时候，我还带着心里的那个现在看来根本不会成为“结”的烦恼。

我们几乎开了一整天的车，途中，高楼大厦逐渐变成了绿水青山，最终看到了绿色草甸，我们来到了希拉穆仁草原。

希拉穆仁草原位于呼和浩特以北100公里，俗称“召河”，草原是典型的高原草场，每当夏秋交替时节，一望无际的绿草和遍地的鲜花会组合成莫奈油画般的景象，让你看着便不想离开。草原的昼夜温差较大，那几天，我们体验着“早穿皮袄午穿纱，围着火炉吃西瓜”的谚语。

置身旷野，感受草原民族的豪迈与草原的辽阔，是那么匹配；典型的饮食与特有的气候，是那么融合；在心动不已的草原日出的陪伴下，高歌一曲特别应景；在光彩迷人的日落辉映下，醇香的美酒让人终生难忘。尤其是那个蒙古族小男孩，绽放着阳光开朗的笑脸，递给我洁白哈达的一瞬间，我决定：放下纠结，让快乐和充实驱赶所有烦恼吧，那一刻，我的心里只剩纯净与宽阔！

胆小的我，居然可以骑着马奔跑起来。那一刻，草原带给我的启示，是坦然接受向着成长而来的每一件事情并鼓起面对它们的勇气。在马背上，草原的蓬勃与开阔，让我封闭的心完全打开。

那一次，我相信，宏大的风景一定会说话，它会用它的色彩与生机、淳厚与宽阔，一再地告诉你，孩子，没有什么可以阻挡我们，只要我们迎着阳光，一路向前，不停地奔跑起来！

三天以后，我带着希拉穆仁草原对我说的话，恋恋不舍地离开。走出希拉穆仁草原，我在心里大声对它说，我一定还会再来！

一个月之后，我和冰儿的书吧同时开业，她的叫“南”，我的叫“北”，从此，“南”和“北”再没有纠结过是否必须身处同一个城市。两年以后，“南”“北”合并，在南方一个城市的小区里，改名为“哭吧笑吧”。因为我们知道，人生就是悲与喜的交错，而我们也深信，努力过后，笑比哭多。

向蜗牛致歉

题 记

有时候，一次日常的小的经历，会促使我们做出一次改变长久习惯的决定。这种改变，只因我们自发地愿意向善。

从小到大，好像我最喜欢的就是下雨天。不知为什么，也许是因为清新的雨，能冲洗掉很多东西，包括曾经遇到的烦恼，包括不愿意承受的伤害，包括想忘掉的心事。

小的时候，每到下雨天，我都会和妈妈嚷嚷着要穿上雨鞋，打上雨伞，或者穿上雨衣，在雨地里“啪啪”地走。我喜欢溅起来的水花，我喜欢凉凉的触感，我喜欢躲在透明的伞下看着雨滴落在伞上的样子。小小的雨滴，落在伞上，会瞬间开出一朵朵花。那个时候，我觉得每一滴雨就像一个小精灵，在和我玩耍、说话。我甚至听懂了它们的语言：地上的色彩比天空里多多了。

每一次下雨，都出去走走路，即使是大雨，我也会忍不住走到楼下，有时甚至用手去接冰雹，然后再回家，这样的乐趣持续了很多年。直到搬进了这个和公园一样的小区，我就更喜欢雨了。尤其喜欢在下雨天，四周没人的时候，闻着雨的味道，走在湿漉漉的小区路上，很是享受。

雨很大的时候，我遇不见蜗牛，雨小了或者雨快停的时候，就会遇到蜗牛，一群一群的蜗牛，一只一只趴在地上。我注意到这样的现象，是因为一件小事——

秋季的雨天极美，小区里的落叶颜色斑斓，如果出门去，绿色、红色、黄色、深紫色的叶子落下的风景，定如油画一般。在家待了一天，雨也下了一天，夜晚来临的时候，我把手伸到窗户外，雨还下着一丁点儿，几乎快停了，于是赶紧换上衣服，换上鞋走下楼。

搬到这个远离闹市的小区之后，好像第一次在雨天里走，手里顺带拎了垃圾，单元门离垃圾桶非常近，晚上八点多了，院子里没有人，特别安静，我走的过程中突然听到“啪啪”的响声，再仔细听，我开始确定“啪啪”的声音来自我的脚下，我以为是踩到院子里的孩子们游戏时留下的果核或者玩具，再往前走我发现了，哦，对不起，我居然踩死了好几只蜗牛。

我想象不出被我踩在脚下的蜗牛当时是什么心情，它们也许像我一样，只是想在雨天出来愉快地散散步，但是没想到遇见了我。后来，我散步时把手机的手电筒打开，只要照见有蜗牛的地方，我就会避开，即便是这样，我的脚下仍然会发出“啪啪”的声音。

这种声音，对于像我这样非常想在下雨天出来走路的人，简直是一种折磨，因为我不忍心，每响一声，我都要和蜗牛说声“对不起”。

后来索性不走了，我坐在院子的亭子里。我打开手机，开始搜索下雨天蜗牛不会去什么地方，但是搜了好几遍，搜到的都是下雨天或者雨后，是蜗牛最爱出来的时间。那怎么办呢？我忽然想，是不是以后我每次下楼的时候，都带一把小笤帚，先把它们扫开？还是从此我不在雨天走路了？以前走路怎么就没发现蜗牛成群呢？后来我忽然想到，我只要遇见雨，就会走神，人虽在雨中走，但心早不知被雨冲去了哪里。又或者，以前住的小区硬化面积比较大，绿色植物非常少，蜗牛也没这么多。而我现在住的小区绿化面积超过了45%，所以雨天尤其是雨后，蜗牛就会成群结队出来散步。

那一刻，我心里非常纠结。

其实我不是故意的，但是不经意间伤害到其他生灵终究令人不安，就像今天，我伤害了蜗牛。不！不仅是伤害，甚至夺去了它们生存的最后一线希望。

那个晚上，我都记不清是怎样走回家的。

那个晚上，我几乎不愿意再在雨天走路了。

那个晚上，从单元门口走到垃圾桶，大概只用了一分钟，但走回去，我觉得我用了将近十分钟，因为我一边走一边看一边想，如果这些蜗牛有朋友，它们的朋友还等它们一起散步，但是就因为我雨天走出来，夺去了它们的生命。

我的脚步一次次放慢了。

我真的是在一步一步地往回走。

我走得小心翼翼。

我一边走一边跟蜗牛说“对不起”。

真的对不起，我不是故意的，下次雨天我不会再出来了，尽管我非常喜欢雨天的味道，但是我不会再出来了，因为我害怕会伤害你——蜗牛。

好不容易挪步到单元门口的亭子里，我仔细看了又看，地上很干，没有一只蜗牛。我在亭子里来回地走，闻着雨的味道，心里还在和蜗牛说着“对不起”。

但是那一刻我也知道，如果雨天再来，我大概能不出门就不出门了。

一件小事，让我做出一个改变习惯的决定，也让我思考起了做人的道理：很多时候不要说伤害了谁是自己无意的，只要造成伤害，一定有自己的原因，因为自己没有做好功课，自己不知道怎样做不会对他人造成伤害。无论有多少个借口，归根结底还是自己的原因。比如，如果我提前做功课，如果我多读一些与下雨天有关的文章，也许我会注意到雨后蜗牛成群结队出来散步的现象，我就会待在家里看雨、听雨，而不会出来踩雨了。

所以，从那以后，我明白了，只有做好功课，才能做到善待身边的每一件事、每一处景、每一个人，包括每一只蜗牛。

但对于那天晚上被我夺去生命的蜗牛，我仍然想不出赎罪的方式。

直到有一天，和邻居家一个叫雨阳的六岁小女孩一起散步，聊到蜗牛这件事，小女孩对我说："阿姨，如果你还是觉得对不起蜗牛，那下次遇见蜗牛就为它们唱一首歌，或者对它们微笑，或者在它们的墓碑前放一些叶子吧，再放一枝花就更好了。阿姨，蜗牛好像爱吃叶子。"

那一刻的我，不打算考证小女孩雨阳说的话了——蜗牛到底爱吃叶子吗？它们爱吃哪种叶子呢？

因为那一刻的我，只是清楚地看到了小女孩的善，她的善，也是我喜欢的，也是我向往的！

第一次出海

题记

那一年，我二十四岁，职业是记者。

出海之前，我是模糊的，似乎更多的是对大海美丽风景的憧憬，对共和国水兵生活的异常好奇。

出海归来，我是清晰的，因为我不仅看见了中国大海的无边风景，更看见了共和国水兵的精神情怀！

一定是天生的，我对大海有着深厚的情结。

不知何时开始，我一直有个愿望——

我要走近迷人的大海，领略别样风光；

我还要走进水兵的生活，探究蓝色日常。

当记者的那几年，到处跑。终有一天，我和同事来到青岛，走近了大海，走进了水兵的生活。

我看见大海的辽阔，也看见了水兵的艰苦，更看见了共和国军人的优秀！他们，真的是在用生命和心血日夜巡回在大海上，守护着祖国人民的平安。

刚出海就想返航

当我们问一个年轻的水兵：“在艇上让你最高兴的事是什么?”他不假思索地说：“出海。”“最难受的事是什么?”“第一次出海，把早饭、胃液、胆汁统统交给大海了，晕船太难受了。”

为了真实地体验并记录水兵们的出海生活，我经历了这一生可能只有一次的随舰艇出海的远航。

早上8：05。

艇长及水兵们经过一阵紧张后，各就各位，要出海了。出海前又听说某个机器少了螺丝，于是我和同事开始担心：万一忙乱之中疏忽了检修，真不知道这次激动又浪漫的出海带给我们的将是什么！

检修之后，终于出海！

按命令，预计航行到下午4：30才能返航。

我们乘坐的舰艇离军港越来越远。

五分钟后，我们几乎已看不到出发的码头。航行速度越来越快，舰艇尾部冲起的浪花不停地向上翻腾，海风很大，感觉很冷也很潮湿，吹在身上极不舒服。因为舰艇底部不是平的而且窄，舰艇开始左右前后摇晃，此时的我们，很怕舰艇会翻，但看到水兵们神态自若，心情瞬间轻松了许多。

舰艇晃得越来越厉害了，我们已经开始晕船，尤其是我，晕得更厉害。

本来希望躺在舱内可以减轻眩晕程度，但手还没来得及扶住栏杆，身体已被颠簸到另一边，剧烈的摇摆不容我考虑便一屁股坐在参谋长的位置上起不来了。

看着浪花晕，看着大海晕。

终于，没有吃早饭的我开始有东西从胃里翻涌而出，也许是胃液，也许是胆汁，翻江倒海的感觉越来越强烈，此刻的我，完全没有了欣赏沿海风景的心情和采访水兵的兴致，顾不上把自己的仪容修饰得体，昏昏沉沉地趴在栏杆上吐了近三个小时。潜意识里，我只希望能够停止这种颠簸，哪怕是翻了船。

我开始问艇长："可以返航吗？"

"绝对不可能，在没有接到返航命令之前！你们这些女孩子，不让你们上来，你们偷着也要上来，我就知道你们不行！"艇长是那种看着非常温和的样子，没想到此时此刻一点没有同情心。但我确实后悔了，后悔不该出海，后悔我们为什么不在岸上乖乖等着水兵出海回来再采访，非要跟着人家出海？

"还有多久可以返航？"我问了好几遍。根本没人理我。我觉得快不行了。

过了大约两小时，好像已经死过好几回的我在恍惚中忽然听到一个清晰的声音："马上就返回码头了。"

这天大的喜讯，对几乎没有知觉的我起作用了。

于是我抬头，抬眼看依稀可见的军港，还很远。

一定是自己听错了，航行还没到目的地，水兵曾说，在没有接到命令前，不会因为舰艇上某个人难受极了，擅自返航的。有的水兵坚持不住，也只能忍受着不停地呕吐胃液甚至吐血的折磨，挨过那难熬的时刻。

恍惚中，又是那个清晰的声音："今天风大，不往远走了，马上就靠岸。"

最后的希望终于盼到了，但我却丝毫没有力气去迎接。

不知何时，舰艇似乎停在了码头，我连睁眼的勇气也没有，实在怕看到晃动的海水及人群。

在我支持不住的时候，艇长却来了一句："现在你们感觉到船不动我动，我不动船动了吧。"这恰当的描述或许是锻炼出来的一代水兵给晕船的一个绝妙的总结。

舰艇真的靠岸了，我用尽全身力气，想迅速离开仍然在摇摆的舰艇，但除了看水兵们冲洗舰艇、听他们贴心地说"好点了就起来走走"，居然连开口说一句"谢谢"的力气都没有，因为想吐的感觉还倔强地存在着。终于下来了，本来打算出海时随行现场的采访，这下完全泡汤了。

幸亏年轻，休息半小时后，我们和水兵们开聊！

看见水兵的模样

在或者跃动或者安静的采访中，我们看见了他们：共和国年轻的水兵的模样。

经历了无数次的风吹浪打后，他们黝黑了；

经历了无数次的颠簸摇摆后，他们坚强了；

经历了无数次的出海训练后，他们勇敢了！

在他们轻声细语关心我们的时候，还能感受到他们有着大海平静时的温柔。

“成天与海打交道的人，没有一个皮肤好的，尽管年轻的他们很爱美，也很帅气，呵呵呵！”艇长告诉我们。

虽然这些年轻的水兵卧舱内也有各种护肤品，但是这些都带不走大海留给他们的粗糙。

对于二十岁左右的小伙子来说，四年的水兵生活将在舰艇上度过，春夏秋冬的不断交替也会让他们觉得不耐烦。没有特殊的事情不能离开舰艇，更不能回家。一台20吋彩色电视代替了喧嚣繁华的街市。十几个人神情专注地挤在不足九平方米的舱内，看着有趣的动画片哈哈大笑。我能看出，这些出海时精神抖擞的战士，其实也有童心未泯的一面。

他们高兴的时候笑，难过的时候却不哭。

龚志宏，一个十八岁的操舵兵，在本来就很想家的春节前一天，收到了“奶奶病危”的电报，而且家里只有妈妈、姐姐，爸爸、姐夫外出联系不上。他很想回家，但部队的纪律是未经请示不允许离艇。龚志宏只能默默地惦记着奶奶，他唯一能做的是无数次地对着大海、对着星空，祈祷奶奶平安。

最终，艇长及指导员再三考虑后决定让他回家。

但还是晚了。

急匆匆赶回家的他，却没有见上奶奶最后一面。奶奶已经带着没有见上孙子的遗憾闭上了眼。望着奶奶离去的苍老的面容，他多希望奶奶再和他说一句：“盼回来你了。”哪怕只是一句。

送走了疼爱他、想念他、看着他从小长大的奶奶，龚志宏带着家人的悲哀与牵挂，又踏上了返回舰艇的路。他仍然像往常一样，不时地回头望着家门，只是这一次，没有了奶奶的笑容与叮嘱，没有了奶奶颤巍巍地站在家门口张望他的身影。

李志强，母亲住院的电报牵着他的心，却没有影响训练学习。后来父亲的一封来信中写着：“家里知道你工作很忙，训练很忙，不能回来看你妈，多写两封信给家里吧……”

正是这朴素的“小家”寄语，支撑着年轻水兵们保卫“大家”的信念，在他们的行李包里，珍藏着一封封“母亲的思念”“父亲的叮咛”，因为他们只能用这种方式与家人在一起。

有个年轻的水兵，把家里来的信放在枕头下，让他没想到的是，这么安全的地方也会遭到海水的冲击，信被冲烂了，什么也看不见了。他说，这也许是服役期间大海留给他唯一的遗憾。

当讲起出海的各种经历，他们多半是兴奋的，毕竟是男孩子，身上的阳刚之气永远那么凸显！灯塔、海鸥、海浪，乘风破浪……用他们的话说，这些都是陆地上永远不会有的体验！

听着他们或平静或兴奋的讲述，我们的心里反倒有些难受了，他们又何尝没有厌烦这无情的海水与四年也许都一成不变的生活？但他们最终只是用一句简单有力的话来向我们告白：我们身上有一种责任，已经当了水兵，就要好好地守着海守着艇，没有什么可抱怨的。

听他们说心事

水兵的一日三餐都是在摇摇晃晃的舰艇上吃的。

水兵的家，东西南北都有。让他们都适应同一种味道，是有些强人所难了。

他们说，刚开始在舰艇上吃饭不太适应，甚至有些恶心，但现在吃饭就轻松多了。他们的伙食很好，海鲜、鸡蛋、蔬菜，搭配得很有营养，但他们有时吃不出饭菜的香味，因为这其中少了家乡味。

黄鹤，一个很好听又吸引人的名字，他是四川人，是操舵长，可他的爱好似乎是下厨房。他娴熟地将各种菜切成片、丁、丝时，真的很有点大厨的范儿。

饺子，这极有节日气息又好吃的食品，却是他们最不喜欢的。因为，饺子让他们意识到自己无法过年回家与亲人团聚。

水兵白杨，春节时不愿意和大家一起吃饺子，更愿意偷偷坐在舱内翻看家里寄来的信件。艇长给他送去一碗热腾腾的饺子，他流泪了。是因为倍加想念家乡的父母，还是感动于艇长老大哥般的关怀？他也说不清。

二十七岁的沉稳干练的指导员告诉我们："有心事的水兵一般会徘徊在码头，吃饭时不说不笑，工作时无精打采。我就像个侦探一样，每天钻在他们中间，总想发现点什么，好帮助他们。"

像指导员这样的基层干部，有在舰艇值班的任务，十天半月回不了家是极平常的事。带好舰艇上的每一个水兵，抛开自己的孩子去关爱十八九岁的战士，在指导员身上，我们看到了军人的无私奉献。

还想再见一次艇长

在军港的日子不多，我们共待了三天，做事极有原则的艇长给我们留下了非常好的印象。

艇长站在操舵台上用手势指挥着操舵兵，直到舰艇安全平稳地出海又返航。三天时间，艇长一直忙忙碌碌，出海时看着我们晕船，还会偶尔开一两句玩笑，让我们放松心情。

艇长二十八岁，山东人，性格豪爽，声音洪亮，标准的军人。从水兵们那里得知，他在生活上始终像个老大哥一样呵护着他们，训练上又像严师一样训导着他们。正是这种方式，让他深得年轻水兵的称赞。水兵说，其中最值得称赞的一点是，他在以心换心。

“战士病了，我会给他们做病号饭，但战士犯错了，我可以不让他们吃饭。这就是我的原则。”艇长很坚定地说。

“我的儿子，十个月了。很聪明，只要我一穿上海军服，他就知道我要走，爬到床边让我抱。”艇长很温柔地说。

这十个月大的孩子，是不是也知道，又有一段时间见不到他的爸爸了？

他们父子每次的分别仪式很简单，但时间很长。

他会用胡子把儿子扎得咯咯地笑几声，然后再举过头顶。

他说，为什么要把孩子高高举过头顶？未来我会告诉他，中国海军就是要顶天立海！

他还说，为什么想听他咯咯笑？未来我还会告诉他，生活一定有苦难，但我们要保持乐观！

那一年，我二十四岁。

出海之前，我是模糊的，似乎更多的是对大海美丽风景的憧憬，对共和国水兵生活的异常好奇。

出海归来，我是清晰的，因为我不仅看见了中国大海的无边风景，更看见了共和国水兵的精神情怀！

今天，我仍然会常常翻看那一次采访时和水兵们的合影，仍然记着年轻水兵们的帅气模样，耳边还会不时回想起艇长的话。我真想再一次见到他们。

那次之后，大海的风景，好像不那么重要了。海上的他们，刻入了我的记忆。

共读时光

题记

和孩子一起读书，是我很多年的习惯。从他出生的那一刻，甚至在医院的产房里就开始了。那时，对着小小的他，我不停地念念叨叨，被同屋的人视为神经病。

小时候，陪我读书最多的就是我的父亲。

父亲曾不止一次和我说过：在书里，我们俩可以将看到的感兴趣的话题随时分享交流，交流的氛围和过程，会让一本书更精彩！

父亲的话，我一直记在心上，直到我有了自己的孩子。

父母的家，一墙的书，被我称为家中最美的风景。当我有了自己的大房子时，一墙的书，自然也成为我家中最美的风景。

我家里的客厅，从儿子出生一直到他考上大学之前，都没有摆放过电视，而是由被我称为最美的“风景墙”和一张大大的长条桌占据。

我、丈夫和儿子，一起领略书中的精彩，在知识或故事的交流中，享受很多很多年。我们的共读时间，被约定在每天晚上，无论春夏秋冬，每一个读书的夜晚，都会变得有趣温暖。

尤其是孩子刚入学，每天晚上睡觉之前，我们都会陪他读半小时或以上的书，内容从他感兴趣的童话故事到我推荐给他的知识读本都有。于是，读书成了我们的习惯，为他选书成了我必须做的事。对着挑选出来的一本本好书，我们制订出一个个读书计划，我也不止一次告诉他：妈妈给你的每一本书，你都可以在空白的地方做笔记，写下你的感悟。所以，每当看到他勾勾画画读完的一摞一摞书，我都很有成就感。

鲁迅先生的“不动笔墨不读书”这句话，也一直陪伴着他。

和他的共读时光里，有一套书，我们从他八岁到十二岁连续四年一直在读，是刘兴诗教授著的“讲给孩子”系列丛书。

这套书给我们全家带来了从未有过的乐趣与收获。

最初阅读，是从一套三册的《讲给孩子的中国地理》开始的。

书中将“首都所在的华北区、山海关外的东北区”“大陆腹心的西北区、千山万岭的西南区”“面向太平洋的华东区、地贯南北的中南区”，用生动的文字、流畅的语言、优美的图片，以图文并茂的形式将精彩有趣的知识呈现，带着他身临其境。

《讲给孩子的世界地理》共四卷，“亚洲卷”“欧洲卷”“非洲卷”“美洲卷”，他也饶有兴趣地很快看完了。

读这套书带给他的收获也很大。

2010年，在他三年级升四年级的暑假里，我带他去上海的世博会，他站在非洲馆，居然能够说出一串一串的地名和有代表性的风景，当然也不忘催我给他买非洲的彩绘羊皮手鼓。

随后，《讲给孩子的中国历史》也进入了我们的共读时光。

四册中的“先秦”“秦汉三国、两晋南北朝、隋唐五代”“宋元明清”“近现代”带着他穿越浩瀚的历史长空。

再后来，我把《讲给孩子的大自然》《讲给孩子的中国名城》

等也相继推荐给他，他都很感兴趣。而且总会边看边说：“妈妈，这套书真的很好，我越看越喜欢，最吸引我的就是每册的目录，它能把书中的问题带给我，让我带着问题在书中找答案。”

看着他阅读前的疑惑神情、阅读时的专注神态和阅读后的读写积累，我也翻开了“讲给孩子”系列丛书。确实，就算是成年人也会被刘兴诗的描述所吸引，那些上学时曾经枯燥无味的地理、历史、自然、科学知识顿时鲜活有趣起来。在这套书的共读时光里，我和孩子成了学友，我们还常常互相考问。

刚开始，他只是看图片和标题，后来，他沉浸在文字内容中。如果看到一座极具魅力的城市，我们就会立刻分享交流。

四年之中，共读“讲给孩子”系列丛书似乎成了我们家每月的必修课。

直到今天，共读的时光还历历在目。

他八岁那年，已经认识书中很多字，我却总觉得他识字量远远不够，于是，当我看到他手里正捧着一本《讲给孩子的世界地理》时，就问他：“你看得懂吗？”他反而问我：“妈妈，你知道亚洲的‘多瑙河’是什么河吗？你知道千里马奔腾的城市是哪儿吗？

你知道《一千零一夜》故事里的巴格达是什么样子吗?”我看他认真地提出一连串问题的样子，回答说：“我还真不知道。”他马上兴奋地给我讲了起来。

看着儿子边读边问边讲的样子，我也下意识地细读起了《讲给孩子的世界地理·亚洲卷》:

> 亚细亚，日出的地方。
>
> 圆圆的地球，不管从哪儿向东方眺望，亚洲都是太阳升起的地方。为什么这儿不一样，获得了如此特殊的荣光?“亚细亚”这个名字，来自古代地中海上。地中海边的人，自以为处在天地中央。瞧见太阳从东边升起，情不自禁就这样讲。起初只把东方的一丁点儿海岸、古罗马的一个省叫作亚细亚，想不到顺着这片土地越走越远，发现它竟如此宽广……

书中关于亚洲地理的文章读来朗朗上口，其中生动有趣的故事、美妙流畅的文字、形象逼真的图片，深入浅出地讲出了完整、系统的知识，让我也爱不释手。

我边看边对儿子说："这本书真好！"

儿子回答说："当然好了，这是奶奶看完后推荐给我看的。"

听完儿子的话，我忽然对这套书产生了前所未有的好感，因为我发现，这竟是我家上千册图书中唯一一套三代共读的好书。

因为儿子对这套书特别痴迷，我萌生了拜访作者的想法，在一次全国图书博览会上，我专门拜访了刘兴诗先生。

地质学教授刘兴诗，当时已是很知名的科普作家，他和我说了一句话，让我对这套书更为尊敬和喜爱了。

他说："想把孩子带进知识的殿堂，绝不能强制，要用趣味引领、朋友相伴和共同分享的形式相结合，这样，孩子就会对知识从喜欢走向依赖，最后开始探究。"

这句话，一直到现在，都是我给小读者们策划、编辑、出版图书的标准之一。我也常常提醒自己，我会不停地寻找像刘兴诗和他的作品一样的好作家好作品；我也会坚持和我的孩子一起在共读时光里多读好书，不管我多老，也不管他多大。

直到今天，我们和孩子无论走到哪个城市，不变的爱好之一，仍然是一起逛书店、选好书，分享交流阅读感悟。

我心目中的好书是什么样的?

作为一个编辑，我希望它对读者有益而且畅销;

作为一个读者，我希望它成为我的良师益友好伙伴;

作为一个妈妈，我希望孩子阅读之后精神世界能更加丰盈!

我希望一本本好书，在更多父母与孩子的共读时光里，像一朵朵花儿一样盛开，成为孩子成长四季中不可或缺的风景。

《文学描写辞典》

题 记

我的家中，没有很多在别人看值钱的家具和装饰，只有被我视为珍宝的两墙书柜和一墙书架。

书柜和书架，在我的记忆里和生活中一直被我珍视。我把它们当成我的珍宝。

结婚前的父母家，书柜就是每次亲朋好友来家里看望父母时合影的最美背景，今天，书柜仍然是我眼里最亮的装饰。

原来旧家，只有五组书柜，摆在客厅。搬新家之后，扩充成十组两墙书柜还外加了五组书架。

十组书柜在一楼书房，陈列摆放的新书较多。

这里说的新书，是指结婚以后自己在书店购买或者工作后参与策划、组稿、编辑和交流的书。

五组书架在二楼卧室的公共区域，陈列摆放的旧书更多。

这里说的旧书，几乎都是结婚时父亲给我陪嫁的。

所有的书里，我偏爱旧书。旧书的封面都很规矩也很庄重，内文也没有花里胡哨的书眉和页脚，定价最低的9分钱，还有2角、5角的，也有1.3元和3元的，总之，定价很低的书在我的家中就是财宝，财宝里当然少不了小人书（连环画）。

四本一套的《杨家将》，旧得有一本已经没有封底了。

十本一套的《加里森敢死队》，有一本不仅没有封底，连封面也没了。

书越破旧，我越珍爱。

谁也不能动，如果谁偶尔动了一下，我会翻脸。

许多书都被我翻来翻去很多次。

有一本中国青年出版社出版发行的《文学描写辞典》（小说部分开　上），我特别钟爱。我想一定还有“小说部分　下”，但几次整理书架都没找到。

这本上册的出版时间是1982年8月。

版次是1982年8月北京第1版。

印次是1982年8月北京第1次印刷。

编者署名是辽宁大学中文系七七年级。

封面设计者是沈云瑞。

书的开本是32开。

书脊厚度是13毫米。

整本书一共440页。

封面是深绿色的，上面有着几近均等的金色线条分成的四行格子，每一行有六个格子，第二行的格子里勾着黑色边反白的书名，书名分两行，第一行居中有“文学描写”四个字，第二行靠右对齐的是“辞典”两个字，书名的上方还有一行黑色小字：小说部分　上。其他的空格里，还有一朵朵浅绿色线条勾勒的白描花朵作为装饰。

这本书拿在手里，小小的，也不是很厚。

我家的书架和书柜上，摆放着好多本辞典或者词典。

在我年少乃至今日的认知里，词典应该不太厚；而辞典必须很厚。但实际上，它们的概念似乎被混淆了。直到今天，我也不知道是我的理解问题还是出版方的问题。

总之，现在这本薄薄的《文学描写辞典》（小说部分　上）就在我的书架上。我没看这本书时觉得它名不副实，但当我翻开它之后，我觉得它就是我认知里的“辞典”，“辞”典太准确了。因为它，内容丰富。

上学的时候，闲下来，我就特别爱读这本书，因为这本书把很多世界名作、传世经典里面的文学描写，总结摘选得特别全。这本书的内容，是从290余种古今中外文学名著里精选出来的，其中精彩的描写片段有2200余条。内容分为景物描写、场面描写、人物描写三大部分若干类，每类又分若干条目，诸多条目还细分成若干子条日。内容编排合理，读者查阅方便。

翻开这本薄薄的小书，我会因为片段的精彩而去阅读整本名著。

记得当初父亲把这本书递给我的时候，对我说：“你未来不是想和我一样当编辑，读书、编书、写字吗？这本书不仅是文字工作者和文学爱好者的工具书，也是能让你开阔文学视野、启发写作思路、提高读写水平和文学鉴赏能力的好书。”父亲就是这样，总会把他视为珍宝的东西给我。

这本书的前言，是一位叫冉欲达的老师写的。

前言长而不冗，非常吸引我。

冉老师在前言的开篇就指出：描写，是语言艺术的主要表达手段，可以说没有描写，就没有文学。

冉老师还说：练习描写，就像初学绘画者练习素描一样，是一项必不可少的基本功。

冉老师的话和我尊敬的曹文轩老师说过的话特别相似。无论在北大中文课上还是给小学生的讲座上，曹老师都会说：交作文或者文学写作的作业给他之前，一定要在作品里加上十段以上的风景描写。可能在曹老师看来，《文学描写辞典》（小说部分　上）里提到的“景物描写、场面描写、人物描写”三大部分之中，景物描写可能更为重要吧。

《文学描写辞典》是我珍爱的书，它让我感受到：

古今中外的文学名著，浩如烟海；

精彩的描写，更似繁花万树，美不胜收。

如果你现在只是一个小学生，一定要早一些把它——《文学描写辞典》或类似的书，摆在你的书桌或书架上。

我，作为一个成年人，作为一个男孩子的妈妈，作为一个为小读者策划、编辑、出版图书的阿姨，最想对你们说：快去读书吧！读像《文学描写辞典》这样的好书！幸好，你们现在是小学生！

爱上“草房子”

题记

这么多年，我的经历和经验告诉我，所有的爱，都不是无缘无故的，一定有原因。

尤其对于文科背景的人来说，爱上一处景或者一座城，大概率是因为一个人或者一段文。

我的祖籍在南方，南方水边的草房子很多见，我不以为然。曾经也和父亲一起在老家富春江边上行走，我也只是沉醉于江水无尽的远与漾动的美。从未专注地看过草房子，直到有一天，我在作家曹文轩老师的笔下，读到了“草房子”内外的万般风景，我，知道，我，爱上了“草房子”。

曹文轩老师是北京大学中文系的博士生导师，也是中国首位获得国际安徒生奖的作家。我认识曹文轩老师的时间是2006年，到现在2023年7月，已经整整十七个年头了。

在2006年7月之前，听说曹文轩三个字，是在作家好友安武林的口中。

2006年7月的一天，安武林在北京给我打电话，很兴奋地跟我说："你知道吗？我要带曹文轩老师去太原做活动了，到时候你给我做助手吧。对了，你也可以帮我联系一两所小学，我们带曹老师进校园。"

"曹文轩老师吗？是那个北京大学中文系的教授吗？"我有些怀疑。

"当然是！"安武林很确定。

接电话之前，曹文轩老师在我的脑海中就是一个远远的、生疏的儿童文学大作家。而电话中，好朋友安武林用兴奋的口吻让我知道，我将在不久后与大作家零距离接触。

我是一个爱预习的人。曹老师即将到我住的城市，那我就要提前"预习"一下。

那几天，曾做过七年记者的我，“预习”的技能好像又回来了。

那几天，搜集曹文轩老师的各种报道和作品成为我生活中的主旋律。

那几天，曹文轩老师和他的《草房子》占满了我的生活。

那几天，让我看不够的还有“草房子”里的桑桑：

桑桑是校长桑乔的儿子，桑桑的家就在油麻地小学的校园里，也是一幢草房子。

桑桑的异想天开或者做出一些出人意料的古怪的行为，是一贯的。

桑桑想到了自己有个好住处，而他的鸽子却没有，他的许多鸽子还只能钻墙洞过夜或孵小鸽子，他心里就起了怜悯，决心要改善鸽子们的住处。当那天父亲与母亲都不在家时，他叫来了阿恕与朱小鼓他们几个，将家中的碗柜里的碗碟之类的东西统统收拾出来扔在墙角里，然后将这个碗柜抬了出来，根据他想象中的一个高级鸽笼的样子，让阿恕与朱小鼓他们一起动手，用锯子与斧头对它大加改造。四条腿没有必要，锯了。玻璃门没有必要，敲了。那碗柜本有四层，但每一层都没有隔板。桑桑就让阿恕从家里偷来几块板子，将每一层分成了三档。桑桑算了一下，一层三户“人家”，四层共能安排十二户“人家”，觉得自己为鸽子们做了一件大好事，心里觉得很高尚，自己被自己感动了。当太阳落下，霞光染红草房子时，这个大鸽笼已在他和阿恕他们的数次努力之后，稳稳地挂在了墙上。晚上，母亲望着一个残破的碗柜，高高地挂在西墙上成了鸽子们的新家时，她将桑桑拖到家中，关起门来一顿结结实实地揍。

但桑桑不长记性，仅仅相隔十几天，他又“旧病复发”。

那天，他在河边玩耍，见有渔船在河上用网打鱼，每一网都能打出鱼虾来，就在心里希望自己也有一张网。但家里却并无一张网。桑桑心里痒痒的，觉得自己非有一张网不可。他在屋里屋外转来转去，一眼看到了支在父母大床上的蚊帐。这明明是蚊帐，但在桑桑的眼中，它却分明是一张很不错的网……

看完《草房子》，了解了桑桑，我又迫不及待地去找《草房子》的同名电影。

在苏北水边，风景和故事都称得上绝美的草房子里，我认识了桑桑，接着，就认识了写草房子和桑桑的曹文轩老师。

再后来，因为做曹文轩老师的书的责任编辑，我陪曹老师去很多城市做过很多次讲座，也带曹老师走近很多小读者。每当在操场上，听到曹老师非常大声地和《草房子》的小读者互动时，我就又会情不自禁地陷在曹文轩和他的作品里。

因此，曹文轩老师和小读者互动的每个场面，只要有机会，我就想讲给更多的人听！因为，那个场面，是小学生见到曹文轩后应该有的欢腾与雀跃，因为，那个场面，是中国作家的文学经典应该掀起的文学热潮：

“你们都读过《草房子》吗？草房子里有一个男孩叫桑桑对吧？今天我可以很负责任地告诉你们，他的名字其实不叫桑桑……”曹文轩老师富有魅力的问话和文学性的铺垫，会让千人操场顿时鸦雀无声。

三秒之后，曹文轩老师大声说：“他的名字就叫——曹——

文——轩。”

“哈哈哈！”

操场上顿时一片欢笑。

每当这个时候，看到孩子们按捺不住的兴奋，我都会非常庆幸：因为我能常常见到曹文轩老师，能常常读到曹文轩老师的人和文。

他的人和文，完美、诱人、友善、统一。

无数的风景，因他的笔，令读者难以忘怀；就连深深的仇恨，在他的笔下，都能化成爱与善良，折射出文字特有的光芒。

他有谦虚、友善、帅气、优雅的神态，更有安静、睿智、率直、幽默的语言，他的举手投足之间，尽显文学大家的高贵与典雅。

讲座开始前，会场还没布置好，就有读者过来要签名，那时候我们会务人员根本顾不上招呼曹老师，他会自己去找一张小桌子，搬一把小椅子坐下，并大声和我们说，“去忙你们的，别管我，我自己可以”，他的一句“我自己可以”，让我们看到文学大家的朴素平凡与纯真平和。

每次组稿时去拜访曹老师，尤其在他北大的家里，都能听到他讲的各种各样的故事，纪实的、虚构的，他的故事总是那么诱人。听得久了，会发现，他的故事不只是在呈现美，更是在传达善。

后来有一天，曹老师和安武林又要到我住的城市，为我们合作的新书做首发式。

从接站前我就开始期待了。

因为有很久没听他讲故事了，他的故事一直吸引着我，从已经开写的短故事到还没怎么动笔的长故事，每一个都能让我沉浸其中。

等待，终究是件折磨人的事，几乎所有的旅客都出站了，也看不到他和安武林的影子。

终于，看到曹老师了，看到了他久违的阳光的笑容，看到了他疲惫却矫健的步伐。

我踏实了。

不是因为他没有失约我们的首发式，而是因为我又有故事听了。

那晚，我很兴奋，一直和曹老师聊个不停。后来，当安武林在旁边大喊："陈彦玲！你眼里还有没有我！"我才知道，我好像很过分。

我很多时候都在想：

故事可能就是为小孩子和女人创作的，不然我们不会为此着迷。

新书首发式流程安排得满满当当，除了吃饭之外没有任何时间私聊。但是，我们之间的交流从未间断过，因为，他和小读者分享的作品，随时触动着我。

现在我才明白，这正是作家笔下的文字独特的魅力所在。

我知道，曹文轩老师，一位儒雅的北京大学博士生导师，一位享誉世界的著名中国儿童文学作家，秉烛人般的纯美文字点亮了我的世界，让我随着烛火在他的作品里旅行着、享受着。作品里，无论是伤，无论是喜，无论是恨，无论是爱，都铭刻我心。

现在回想，第一次认识曹文轩老师是从认识《草房子》和草房子里的桑桑开始的，那时，"草房子"三个字的分量，在我的心里远远重于曹文轩三个字。今天，曹文轩三个字，已经远远重于

“草房子”了。

但我仍然知道：

我是率先爱上桑桑的，因为他的真。

然后，爱上桑乔，因为他的责任感。

最后，爱上“草房子”，桑桑在里面度过童年的那一间。

《草房子》里，儿子桑桑是个多磨难的男孩，爸爸桑乔是个极有责任感的男人，桑乔对桑桑的浓重的爱，这么多年，始终深深地打动着我。

桑乔那一句“既然我让你来到这个世界，我就不能让你轻易离开”的话，常常响彻在我的深夜。

这一句话，是不是也可以献给我们热爱的优秀作家与作品呢？

被我怀抱的记忆

题 记

很多童年往事，说来平常，却一直镌刻在我的记忆中，闪着永恒的金光。

大路和小巷

童年记忆中的无数个周末，妈妈都会带我去姥姥家、大姨家。

那时，我们家住在并州北路，姥姥家住在上马街，大姨家住在大水巷。

山西省会太原，以古称命名的街道有很多，并州路就是其中一条。我童年和少年的家就一直在并州路上。说起并州路，会想到有两千五百年建城史的太原城，还会想到唐代李宣远“秋日并州路，黄榆落故关”的诗句，有厚重历史的街道与诗意结合，加上童年记忆的铺满与展开，都让我对并州路有着非同一般的情结。

我因此也很爱看与并州路相关的各种文字。据说，五百多年前的并州路，还只是一条通往明太原府城承恩门（首义门，位于如今的五一广场）的土路，也是皇帝的诏书送达的官道。1951年，太原南城门首义门被拆除，五一广场在城门的废墟上兴建，在原首义门街和并州路的基础上拓宽，被正式命名为并州路。于是，并州路的黄土路变成了宽五米左右的水泥路，成为当时唯一一条通往城南的路（比迎泽大街还早）。再后来，并州路向南加长，因为太长，就以南内环街为界，划分为并州北路和并州南路。

童年时代（20世纪70年代）并州北路的储备局、煤管局、出版局，我至今难忘。

我出生就住在储备局宿舍，我记得特别清楚：我们住的单元楼楼门和整个院子的大门离得非常远，要经过一条很长很长的路，尤其在冬天，天黑得早，一个人绝对不敢独自走；煤管局有位奶奶，如果妈妈上班很忙顾不上我，我就会在奶奶家待上一整天；

搬到出版局宿舍的时候，我就上学了。总之，并州北路是我童年最深远的记忆。一起留在记忆里的，还有两边的行道树和“大辫子”103路电车，至今，“并州北路”四个字还在我的户口页和身份证上，每当看到这四个字就倍感亲切。只是，曾经的烟火气，如今淡了许多。

上马街，周边连接着十多条历史底蕴深厚的街巷，杏花巷、山佑巷、皇庙西巷、皇庙东巷、狄梁公街、文庙巷，还串起了文庙、崇善寺、皇庙、进山中学旧址、福民巷民居、山西大学堂旧址、皇华馆、纯阳宫等历史文化遗址。

姥爷曾经是进山中学（位于上马街的东边）的校长，姥姥曾是红星幼儿园（位于上马街的西边）的园长。从我开始记事姥姥家就一直在上马街，我对上马街非常熟悉。尤其是进山中学和红星幼儿园，不知来来回回进出过多少次，路过时看过多少遍。

大水巷，位于帽儿巷东、柳巷西；南北走向，北起鼓楼街，南至察院后东。康熙版《阳曲县志》载有“水巷”，即指大水巷。“水巷”与“帽儿巷”“鸡鹅巷”“炒米巷”不同，并非因为这条巷子里有凿井卖水的生意，而是以其地理特征得名。叫水巷，是因为它曾临近一片水泊。后来水巷名前加了一个“大”字，是因为太原城里又冒出来一条水巷，于是居民就按照水巷“降生”时间排序，先踩出来的那条叫“大水巷”，后踩出来的那条叫“小水巷”。小水巷在大水巷的东面，同样因为临近一片水泊而得名。

以前太原城的确散布着很多水泊，这是因为太原地形东高西低，暴雨一来，东山涨水，城内立马就会聚积大大小小的水泊。于是临近水泊的大小水巷就“随水而生”了。

我童年的时候，大水巷是太原城一个热闹红火的去处，和平剧院就在附近。它熙熙攘攘，据说是因为巷子里有座名叫“承庆园”的戏园子。

神奇灶台、油条、冰激凌

我是个吃货，从小就是，毫无疑问。姥姥灶台上的炖肉、大姨小院里的油条和小姨饭盒里的冰激凌，直到今天仍然会让我朝思暮想。

无数个周末，吃过早饭，妈妈都会带我去看姥姥。从并州北路到上马街，现在走起来一点都不觉得远，那个时候，我更不觉得远，因为一路都有欢腾的阳光、特别的风景，尤其是临近崇善寺时的红墙和高台。

每次去姥姥家，要经过有雕塑的五一广场，有古建的侯家巷和安静神秘的崇善寺。每次走到侯家巷，妈妈都会指着巷子里面右边的大门（现在的师院附中，曾经的女子师范学校）说，那个时候我们的宿舍在这边，上课的地方在对面。每次经过那里，我都会在校门口停一会儿，使劲盯着里面的房子。可能在想，妈妈那个时候在哪间教室呢？经常走过去很远了我还会扭头看，忍不住想。

姥姥家住在一座四合院里，是正北方的两间房，没有专门的厨房，只有灶台和围着灶台搭着的三面围挡。

每次到姥姥家的时候都接近中午了，所以，总能看到灶台上冒出一股股白汽，我知道那里面一定是姥姥又在做的各种好吃的，也许是蒸红薯，也许是蒸红枣，也许是姥姥前一天买回来的糕或者天津包子，也许是已经做好的炖肉，正在笼屉上。

我站在灶台边，正想搞明白里面到底是什么，就被屋内哥哥的糖块香味诱惑走了。哥哥是大姨家的小儿子，和我同岁，比我大一些，在我们平辈人中，我俩是死党，特别铁的死党。哥哥的糖块香味着实令人痴迷，里面似乎有葡萄的酸或者苹果的甜。我只要闻到就会挪不动脚步。哥哥特别神，他都没有看我的表情，就背对着我说：“要不今天你和我回家吧，我家里有好多！”从哥哥说完那一句话开始，我全然忘记了姥姥家香喷喷的午饭是啥了。

吃过午饭，哥哥带我回家。大姨和妈妈跟在后面。

大姨家在大水巷，从上马街到大水巷需要走很远，那个时候我还不到五岁，我觉得走了好久，最后好像是被大姨、妈妈和哥哥一起拖进小院里的。

那个时候大姨家住得特别宽敞，一个小院几乎一半都是大姨的家，三间大大的房子连着，跑来跑去跑多久都不会烦。哥哥拿出一盒子糖，我正准备大吃的时候，大姨说，糖吃多了牙会很疼，晚些时候大姨给你炸油条好不好？大姨炸的油条是我的最爱，瞬间，糖块的吸引力又变弱了，油条成为我的新的期盼。

软软的扁扁的黄色的油乎乎的面团，被大姨拉扯着，进入油锅几秒钟就鼓鼓囊囊了，一两分钟的时间，一根胖胖的小油条就出锅了。

如果我不在，第一根一定是哥哥的，但只要我在，哥哥就只能吃到一半，甚至第一根会全部归我。到现在我都记着哥哥把油条让给我先吃的画面，还有大姨站在锅边给我炸油条的情景。

直到我上小学，大姨因病去世，那股充满疼爱、温暖明亮、为我而起的油烟，仍然在我的记忆里挥不去，我知道，那油烟里升腾着的是永远的亲情！

因为哥哥在、因为油条香、因为我家没有的小院子，我只要去了就舍不得离开，每次从大姨家出来，天都黑了。

后来，我在许多地方吃过很多油条，都觉得没有大姨炸得香，甚至，偶尔还会吃出苦涩的味道，这一丝苦涩，来自心底的思念——经常专门炸油条给我吃的大姨已经永远离开我了。

童年里，还有一种零食，每周末我都会惦记，它就是雪山冷饮厅的冰激凌。

雪山冷饮厅在食品街，离我家很远，但离小姨上班的学校很近。小姨那个时候还没结婚，每周末都会来我家。而每周来的时候，都会用带夹层的饭盒给我带味道不同、颜色各异的冰激凌。

“小姨什么时候来？”成为我周末最爱问妈妈的一句话。

总之，如果冰激凌来了，书桌上爸爸给我买的连环画瞬间就没有昨天好看了，窗台外妈妈养的洋绣球也不如昨天招眼了，连灶台上炒的瓜子都没有香味了。哈哈！

大姨、小姨之外，我还有一个舅舅。

舅舅工作很忙，当然不能和大姨小姨一样，带着我和哥哥姐姐到处吃喝游逛，但我对于舅舅的情感之深丝毫不亚于对大姨小姨。他帅得很，还勤奋好学，海军转业后，通过学习成为设计理念超前的土建工程师。20世纪90年代末，我生了儿子，他来看我。我家是五楼，他到了家，我有点心疼他年纪大还得爬楼，顺口聊天和他抱怨说，我们这旧楼，是安不了电梯了，舅舅马上说，如果一楼到六楼都同意安电梯，这很好设计也很好实现。当时感觉舅舅的话像天方夜谭，如今很多地方都已经实现了。

我很爱笑，我想，是因为有大姨、小姨、舅舅，他们给了我充满爱的童年吧。

多想长大

题记

一蹦一跳的可爱的小女孩儿，一路上嘀嘀咕咕自己和自己说了好多话，唯独没有说“我多想长大”。而我，一直跟在后面，听到的偏偏就是这五个字。

五月的北京，临近中午，说热不热，说冷也不冷。

约好办事的地方离我住的辽宁饭店不远，地图上显示的步行时间是十二分钟。看了看表，离约会时间还有一个半小时，不仅可以四处游逛，连挑选午餐的时间都绰绰有余了。所以，我的悠闲劲头来了。

其实，昨天乘车返回酒店的时候，我已经大概看了今天这一路上途经的餐馆、蛋糕店、服装小屋，等等。我是一个特别爱做预习的人。上学的时候，爱提前读课文，了解作者；工作以后，爱“预习”明天要做的事；尤其是出差，每到一个地方，我宁可缩短睡觉的时间，都不能减少“预习”周边商铺尤其是小吃店或者小卖部的环节，“预习”之后，吃是一定要吃的，买也是一定要买的。我似乎一直在享受着“预习”后的得心应手的感觉。

所以，我今天一路快走，想直奔昨天就看好的麻辣烫店。

但我走的这条路人行道不是很宽，如果三人并行，就几乎满满当当了。所以，想走快有些不可能。更何况，我的前面是一个看上去最多五岁的小女孩儿和一个女人。

从背影看——

女人短发，一身墨蓝色运动服，纤瘦，步伐虽慢但充满活力，看上去像孩子的妈妈。

小女孩儿穿着白色的上衣、粉色的太阳裙、黑色的打底裤、一双几乎无瑕的白色球鞋。两个朝天辫，特别光溜，没有一丝丝碎发外溢，非常可爱。

她们俩走在我前面，我自然是走不快了。好几次，想超过她们，但小女孩左边一下右边一下来回蹦跶，让我毫无空隙超越。索性，就跟在她们后面吧，随着小女孩磨蹭，因为不远处就是十字路口了，有的是机会“超车”。

突然，小女孩回头对着女人说：“姥姥，你就这么一直跟着我吧，离得我远一点，就当我自己敢回家了，你不要到我的前面来！”

姥姥?!

我根本不相信自己的耳朵，想上前看个究竟，于是脚步比之前更快了一点。

这个时候，小女孩用了比刚才大很多倍的声音在喊：“姥姥，你走得慢一点，离得我远一点，不要走到我的前面来，我刚才告诉过你了，你跟在我后面，就当我自己敢回家了。”

姥姥这次听见了，连忙说：“好，好，但是你不许走快哦，不许跑！”

就这样，小女孩一直独自在前面走，被我以为是“妈妈”的姥姥就一直跟在她后面。

十字路口很快就到了，我恋恋不舍地把我的视线从她们的身上移开了。我和她们在十字路口分开了。

此时的我，似乎忘了找麻辣烫店吃午餐的那件事。因为我的耳边一直响着小女孩的那句话“不要走到我的前面来……就当我自己敢回家了”。

她的这句勇敢的话，让我想起童年里胆小的我。

我七岁之前，弟弟还没出生，我们家住的那个院子离大街很远，要想从大街上回到家，需要通过一条长长的小路，现在看来，如果我还说它很长，你一定会笑话我，五六分钟的路你也好意思说长？但那个时候，大人走起来只需要五六分钟的路，对我来说充满黑暗和恐怖的色彩。

尤其是冬天，天黑得更早。

妈妈从学校下班再去看护我的那位奶奶家接上我，回家的路上，我如果不能紧紧挨着妈妈就会感到恐慌。那个时候，在小人书上看到的各种妖魔鬼怪，在故事里听到的各种牛鬼蛇神，都会被我想象出来，它们会轮流出现在那条长长的小路上。

记得有一次和爸爸走那条小路，我说出了我的恐慌。

爸爸哈哈一笑说：“小丫头，妖魔鬼怪、牛鬼蛇神都不会出来的！”

“为什么？”

“他们在书里面、故事里面还没待够呢。”

“那它们什么时候就待够了呀？”

“等你长大的时候。”

爸爸边说边把我揽到了身边。

那个时候，只有挨着妈妈或者和爸爸聊着天，我才不会害怕。

但我从未产生过与这个小女孩类似的勇敢的想法，让爸爸妈妈走在我身后。

那个时候，我脑子里的念头是“我多想长大”，那样就不会害怕了。

有多少人和我一样？

年少的时候，高大的父母总是伴着我们走过暗夜的长路，偶尔父母落下几步，我们会很紧张地回头看他们去哪儿了。走在成长的路上，每每我们想到他们始终跟在后面，就会非常踏实地往前走，一点都不会怕！也许，这就是父母站在孩子身后的魔力。

年少的时候，我们多想长大！

等我们成年，父母年迈，个子也低了很多，再站在一起，我们明显高大起来。

此时我们是否能够像年少的时候，他们拉着我们那样，拉起他们的手，领着他们走路了？

如果路窄，如果路黑，我们是不是也会像他们揽着我们那样，把他们揽到身边？

不知道是什么时候，我们真的长大了，曾经走在我们前面的爸爸妈妈、姥姥姥爷、爷爷奶奶，逐渐被我们追上，我们跟他们肩并着肩，再后来，从他们拉着我们变成了我们拉着他们。

岁月不居，从“多想长大”到“我们已经长大”的过程，其实很短，我们在这个过程里不断地思考。

很多关于成长的思考，会因偶然之事的触动在某一瞬间迸发，仿佛意料之外，却在情理之中，为步履不停的我们增添一分温暖！

格子里的阳光

题记

小的时候，父亲的书桌上总会有一摞一摞的红色格子或者绿色格子的稿纸，在一个一个的格子里，我总能看到红色或蓝色的手写的非常工整的字。曾经做编辑的父亲多次告诉我，格子里的字大都是作家写的，格子外面的字，大多是编辑改动的，格子内外的字，有的读起来会觉得很温暖，像一缕一缕的阳光。

父亲在北京当兵十余年后，转业到了地方，曾经当过很多年机要秘书。但我知道，他更多的精力，都投入了他最挚爱的出版事业。

他从山西人民出版社的普通编辑做起，最终创建了全国第二家“经济出版社”——山西经济出版社。

到目前为止，全国只有两家省级的经济出版社，广东经济出版社和山西经济出版社。在做出版社社长之前，他做过编辑、编辑部副主任、主任、副总编。

很多很多年，他的工作和日常，在幼小的我的眼里，离不开红色或者绿色的格子纸。

关于“格子里的阳光”这六个字，我和父亲聊过很多次。

有一次，父亲因为腰椎间盘突出的病症住院大约一个月的时间，我每天下班后都会去病房陪他聊天。那一天，我们又聊起这六个字。

那一天我才知道，在做编辑之前他还做过编务。现在新入职的编辑似乎已经听不到“编务”这个词了，很多人都不知道编务是做什么的，说实话我也不大清楚。父亲说，那个时候，作为编务，刚开始是帮老编辑拆信、帮老编辑寄信，信的内容大多和投稿、退稿有关；再后来，编务就可以根据老编辑的口头意思，起草退稿信或者审稿意见了。

他说，尤其是退稿信，特别不容易写。

因为他从来信的字里行间能看出来，每一位作者投来的稿都是非常用心写出来的，附信也是，生怕哪一个字写得不好，得罪了编辑，也生怕哪一句话说得不妥，让收到信件的人心里别扭。所以，如果退稿信写得不够温暖，就会严重打击作者的信心。

所以那个时候开始，他就决定，只要是他负责起草退稿信，写进格子里的字，就要慎重，就要尽量写得温暖些。

我读书、编书的标准一直是“温暖有光”四个字，而那天的闲聊，让我笃定，让我定下这个标准的，是父亲几十年来带给我的“潜移默化”。

这种潜移默化，在我的一段段记忆里是挥之不去的。

在我幼时，偶尔不去托儿所，而是跟着父亲去出版社上班。我看到他的书桌上时常是拥挤着的，有时候甚至连一支铅笔都无处安入。如果还想抽一沓纸出来写个字画张画什么的，场面就是“稀里哗啦”或者“咣咣当当”。父亲在对面的办公室听到动静就会迅速跑回来，问我：“你想写字还是画画？”我说：“写字和画画。”也许是总听爸爸说阳光的原因，我从小就特别爱在稿纸格子里画小太阳，先画一个小圆圈，再在圆圈的周围画五道或者很多道短线，然后用红蓝铅笔涂色，一道红一道蓝的颜色，我特别喜欢。

一半红一半蓝的铅笔，在今天已经很少被我们插进笔筒了，但那个时候，它是我唯一的涂色笔。绿色格子里的红色小太阳，应该是我最喜欢的图案了。

那个时候，白天跟着父亲去上班，我会兴奋；晚上听着父亲讲书里的故事，我会入迷。许多时候，听着父亲自己随口编的故事，我才能安然入睡。父亲自己编的故事，结尾总是温暖的。

时间久了，父亲一直在给我暗示，读书、写字是人应该做的事，读温暖的书，写温暖的字，也是我一定要做的事。

不知什么时候，我开始拿父亲摆在这儿、放在那儿的一张张或旧或新的红格子绿格子稿纸尝试写作了，写作的时候，脑子里会常常蹦出父亲说的那句话：写的字说的话要有温度，要让别人读来听来温暖一些。

其他人刚开始写作的时候是什么感觉？我不知道。我开始写作的时候，越想写什么越写不成什么。

上学期间，我所有的日记本都是父亲送给我的。当然我的第一个日记本也不例外，那是一个绿色塑料封皮的本子，封皮里好像还有一层海绵，封面上有一棵树，树上的叶子似乎都在跳舞，封面上只写着两个字：日记。里面是绿色格子纸，格子比一般的稿纸的格子大很多，足够我写字，足够我画小太阳。

那时的我在格子里写的字，刚开始好像全是“吐槽式的心事”：同桌的成绩总是比我好，妈妈不给我买鱼罐头，弟弟像个跟屁虫一样甩不掉……再大一些的我，格子里的字就变成了一些被父亲称为“假大空”和风花雪月的东西：树枝在向我招手，湖面上的小鸭子好像在和我说心事……总之，父亲说，我的文字与“温暖有光”离着十万八千里。

在生活上，我的父亲是个无时无刻不宠着我、惯着我的男人，但在阅读和写作上，他又是一个对我非常严厉、几乎从不妥协的老师。

有一天，父亲看着我“瞎写的”、被他称为“无关痛痒”的字字句句，很认真地对我说：“来，到我书柜这里来，我给你看几本书。”

弟弟上初中后，我的房间就彻底归了他，而也因此，父亲的书房成了我的房间。那个时候，我们家里最让父母自豪的家具就是整整一墙的书柜和父亲攒下的千余册书。

父亲递给我一本《当代名家随笔精品》。

朱自清的《背影》这篇文章，父亲和我说起过无数遍。从“读不懂”到“流着泪”，我听懂了父亲跟我说的话。他说，把生活里你觉得能温暖你的事情细致地写下来，就是一篇有光的好文章，不要刻意去模仿别人写的那些你没有经历过或者感受不到的东西。

那次之后，父亲的话总是回荡在耳边。

那次以后，在读书、写作的过程中，在策划、编辑的工作中，父亲一直在努力地、不断地告诉我，放到格子里的字，应该能够带给读者或者温暖或者信心或者希望或者阳光才好。

再后来，跟父亲的许多次聊天里，我们分享了数不清的温暖的发光的文字。

所以，文字是否会温暖发光，成为我作为一名编辑选作者、选作品的高标准之一。而我深知，这个标准来源于我的父亲。在我策划、组稿、编辑的儿童文学原创作品里，有几部“光感”特别强的书稿，它们是《少年的荣耀》《焰火》《小满》《星芒》和《一诺的家风》。

捐出你的声音

题记

那一次，“如果还有机会，为乡村小学做一些事情”这个想法就深深地刻在了我的脑海里。也是从那一次开始，我总是愿意走进乡村，走进学校，走近山野间、田埂上的孩子们。因为我知道，当我们站在麦田里、讲台上，带他们爱上朗读、阅读和写作，对于他们来讲，就是带给了他们永不熄灭的一束光，这束光，可以将他们的童年点亮！

捐出你的声音

当记者七年，走南闯北的日子数不胜数，印象深刻的事情也不少。但每次采访都是例行工作，采访结束后让我念念不忘的人或事并不多。

有一次去贵州的一个小山村，工作结束，离返程还有将近一天的时间，我和同伴们商量，近处走走。那时候的交通工具只有长途或者短途汽车。而汽车上的那种颠簸，往往让人除了想睡觉或者呕吐，连睁眼看风景的力气都没有，虽然偶尔睁开眼满目都是风景。

隔着长途车上的通道，一位大叔时不时地望向我们。

偶尔对视，他会友好地微笑。当时感觉，他不是本地人。

到了目的地，大叔和我们一起下车。他忽然驻足，看着我们，似乎有话想说。

“您是有什么事儿吗？”我问他。

“是的。”大叔操着一口还算标准的普通话。

“是需要我们帮忙吗？”

“是！”大叔这一声回答非常坚定。紧接着，他说：“我在车上听到整个车厢里你们的普通话最标准，请问你们是从北京来的吗？”

我同伴说："大叔，不是，我们是从山西太原来的。"

"但是你们的普通话说得真好啊！你们看到了吗？前面插红旗的地方，那是一所学校，我是学校里的老师。在这里上学的孩子们很少听到标准的普通话，所以，我想请你们给孩子们录几篇用普通话朗读的课文，我可以付钱，但是也付不多，只能给你们两三百。"大叔边说边从书包里掏出一个看着很新的随身录音机（放电池的那种）和两本小学语文书。

我们当即决定哪怕今天不游玩了，也要帮这个大叔给他的孩子们录几篇用普通话朗读的课文。我们录到录音机没电，大叔的钱我们没要。

那一次，跋山涉水的所有疲惫都被那张黝黑的脸庞、饱经风霜的真诚模样冲淡了。

那一次，他的愿望留在了我的心里。

他辗转于贵州的多所小学，以一己之力守护着乡村学生，在开启支教生活前，他也像大多数普通人一样上班，在家乡的一个文化站工作。偶然间，他了解到山区教育资源十分匮乏的情况，就坚定了支教的梦想。他说，每次支教的环境都十分恶劣，比想象中还要差很多。他说也曾想退却，但一看到孩子们天真无邪的笑脸和对知识的渴求，他就想再多坚持一些日子，而这一坚持就是九年。未来会怎样，他自己也不知道。

我想，像他这样的乡村支教老师还有多少？站在讲台上的他们，对于乡村的孩子们来说，是山野间永不熄灭的一束光，这束光，将会点亮多少孩子的未来？

临分别时，他说："活着就应该做点有意义的事情。"

那一次，学校什么名字，大叔叫什么名字，我们都没来得及问，只记得那个大叔姓索，索道的索。

那一次，"如果还有机会，为乡村小学做一些事情"这个想法就深深地刻在了我的脑海里。

也是从那一次开始，我总是愿意走进乡村，走进学校，走近山野间、田埂上的孩子们。

尤其在做了少儿出版工作之后，我更愿意带着作家和他们的作品走近孩子们，为他们朗读，并且还策划、组织、召集了更多的普通话说得好的编辑和主持人走进乡村和孩子们一起朗读课文，分享文学作品。

我还为我策划的走进乡村的朗读活动起了一个很好听的名字，就叫“来吧！捐出你的声音”。

我们还会来

我的家从市区搬到山上之后，邻居都更换了。

以前住的地方，邻居多为文化人。但是时间久了，你会发现，很多文化人最脱不了的就是市井气。

而搬到山上之后，邻居中做生意的较多。而你又会发现，有的生意人，尤其生意做得不错的人，相对来说，身上常有文化气息。

我们家对门儿，就是一个典型的例子。

对门儿男的做生意，每天的常态正如他读北京外国语大学的女儿所说，“我爸爸是专业接电话的”，女的是华中师范大学硕士研究生，在市里一所重点高中教数学。他们家客厅两边的书架，无时无刻不在提醒我，他们喜欢书，也喜欢读书。

对于我们挣工资的人来说，对门儿每年赚的钱可太多了。

一年下来，我们居然相处成可以随便就进到对方家里的那个人，甚至对门儿家的密码我都知道，因为他们家里有女方家的老人，而我的工作方式以居家办公为主，我知道密码能应急。

对门儿在做生意的同时，从来没有忘记回馈他们的故乡。而他们回馈故乡的方式与我的职业很搭。他们特别愿意捐书给家乡的孩子们，男的常说，只有读书，才能走出大山，去外面认识世界。

所以有一天，当他知道我经常走进乡村，不仅是捐书，还会带着作家、教师、主持人、阅读推广人一起进校园的时候，立即跟我说："陈老师，我来出钱，请你们到我的家乡去做一次捐赠，我以前都只是捐书，现在觉得你们走进乡村带孩子们读书、教孩子们读书，这样更有意义一些。"

后来我才知道，他的家乡，也是我爱人的祖籍。

很快，书买好了，活动嘉宾也联系好了。

那一次，作家蒋殊、特级教师程慧萍、专业播音员高昂、山西教育出版社资深编辑李梦燕，跟着我和我对门儿的两口子，一起走进了大山，走进了对门儿多年来一直在回馈的故乡——山西沁源韩红村，那是一片有着鲜红历史和蓬勃绿意的土地，发生过著名的沁源围困战，充溢着《沁源1942》（蒋殊著，山西经济出版社出版）传递出的红色精神。

来到这个村子，也许是因为这是我爱人和对门儿的故乡，我感到非常亲切。

我们为孩子们，用标准的普通话朗读文章；

我们带孩子们，在优美的文字间一起分享；

我们让孩子们站在我们身边，在文学与知识的海洋里一起探讨大语文的魅力；

我们告诉孩子们，拿起书本，多读书，走出大山，看世界！

那一次，我们陪着乡村的孩子，度过了非常有意义的一天。

那一次，我们带去的书，是我专门为中国乡村少年儿童主编的一套书，丛书名是“‘阳光麦田’美丽乡村助读书系”（第一季，山西教育出版社出版）。

这套书的作者大都是有乡村生活经验的作家。

他们分别是——

北京大学教授、中文系博士生导师、中国首位国际安徒生奖得主曹文轩；

中国作家协会原副主席、著名诗人、作家高洪波；

鲁迅文学院副院长、著名作家、评论家李东华；

上海《少年文艺》主编、著名儿童文学作家谢倩霓；

山西籍作家、著名图书评论家安武林；

还有从大山里走出来的山西籍著名作家蒋殊。

他们的作品分别是——

《庄重的阅读》　　（曹文轩　著）

《与鸵鸟对视》　　（高洪波　著）

《没人能替你长大》（李东华　著）

《成长的告白》　　（谢倩霓　著）

《故乡有庭院》　　（安武林　著）

《少年时遇见你》　（蒋　殊　著）

当活动嘉宾以现场朗读、现场分享、现场教学的方式和孩子们互动之后，我们所有人都感到，办这场活动很值得。

尤其是孩子们在见到《少年时遇见你》这本书和写这本书的作家蒋殊时，眼里绽放出奕奕神采，这让我们坚信：我们一行为麦田带去了一束永不磨灭的光！这束光将点燃孩子们阅读和写作的梦想。

直到今天，我策划、组织走进乡村学校的活动已经连续十二年了，如果没有身边愿意和我一起助读乡村少年的同事、作家、教师、播音员、校长和好对门儿，我也问过自己，能坚持多久？

“你们还会来吗？”在我们即将离开的时候，问我话的小男孩让我发誓，只要身体允许，每一年，我、我们都会走进乡村，走进麦田，为他们读书，和他们一起读书！带给他们虽然微弱却始终不灭的光！

一路上有“你”

题记

我所在的喧嚣的城市中，有个特别的“你”，让我从期待到驻足，从遥望到走进。

我所在的喧嚣的城市中，有个特别的“你”，让我从期待到驻足，从遥望到走进。

当我用这样的描述和好友说起“你”的时候，身边人都会迫不及待地问：“你”是谁？

先不着急回答。

“你”，曾经离我的家有一段路，不远不近，就是正正好好的那种。

“你”的里面：

书的味道和乌龙玫瑰茶混着，和咖啡牛奶也混着；

更多的，还混了鲁迅和冰心的味；

混着王安忆和毛尖的气；

藏了三国和西游的趣；

镀了唐诗和宋词的彩。

每次去找“你”的时候，都觉得近在眼前又远在天边。

“你”一定会问我，为什么？

因为，“你”里面的书、茶、咖啡对文艺的我说：“快点来吧，我们可以很近。”

而“你”里面的文学、历史、哲学又对浅薄的我说：“慢一点吧，我们之间还远。”

面对“你”，我忽而觉得自己很富有，因为可以坐拥书海，与各路主人公对话；

面对“你”，我忽而又觉得自己很贫穷，因为即便置身书海，也与名著经典相距遥远，可望而不可即。

“你”的外装修，深咖色与浅驼色交融，身处闹市却安静优雅，有着不显山不露水的谦虚。

“你”的内饰，是会说话的书架和书桌，也是咖啡色，让它们更加稳健、典雅。

“你”里面的书架或咖啡桌上，总有如绅士或贵妇一般的精装书，还有都市丽人或文艺青年模样的口袋书。

或厚重、或小巧、或端庄、或绚丽。

书在“你”那里静静地待着，毫不喧哗，却极为耀眼，让“你”忍不住去展示炫耀它们，也让我忍不住去翻阅呵护它们。

对了，直到“你”因无法生存而关门，我也没来得及和“你”说，一层半的书吧，如果再大一些就好了，让我这样看不懂书却又很想和书多待一会儿的人，觉得宽敞一些，待得舒服一些，这样久了，我会读懂“你”里面的高贵的蕴意。

不知不觉，和“你”说了这么多。

每次参加“你”的沙龙之后，每次看到越来越多的学者、教师、家长陆续走进，越来越多的读者、作者不断参与，我更坚信，我喜欢“你”绝对没错。“你”用好书装扮着城市的角落，这些角落，让这座城市都闪着光。

在这里，“你”让我和我的朋友、我的孩子，自觉或不自觉地种下一颗可以终身受益的爱上阅读的种子。渐渐长成大树，在忧伤的时候可以陪伴我，在无助的时候能够帮助我，在闲暇的时候可以感动我……

我想说：我很幸福，因为结识了“你”，让我成长和进步。

还想说：感谢有“你”，在平凡的日子里，“你”我同行了好久。

“你”还记得吗？一个周日的下午，《西游记》品读沙龙，迎来了好多的人，最小的不到五岁，中间的有小学生、中学生，还有研究生，最大的已近中年。

五岁的，是跟着妈妈来听《西游记》里的故事的；

研究生，是和领读老师来交流的；

中年者，则是带着自己阅读《西游记》的疑惑和期待来寻找答案的。

看，济济一堂的听众，其实都有着对中国古典名著共同的初心和情感，“再来一段吧”，听众和“你”申请，我记得当时的“你”说，讲师太累了，下周吧。

众人散去了，我和“你”一直没走，直到夜色降临。

不巧，第二周，我出差了。

第三周，当我去找“你”的时候，我发现，更不巧，“你”关门了。很遗憾。

但“你”知道吗，那段时间里，我因为“你”写下了这句话：

独处时，与书为伴，

成群时，以书会友。

感谢“你”，给了我们这个城市第一段——

柔——软——时——光。

现在我可以告诉读者，“你”是谁了。

“你”是一座“书会语、茶亦香、人沉醉”的书城。

“你”的名字叫万象书城。

今天，虽然“你”已经关门了，但每每想到在“你”那里度过的时光，都有温暖、有趣、甜蜜的回忆从心底涌出。

和“发小作家”安武林的二十三年

题记

很多人、很多事、很多情，生活上、职业中、日子里，真的有一些瞬间，是需要停下来一会儿，细细回味的。在回味中，带上阳光和能量，继续感恩跋涉。这回味里，有酸、甜、苦、辣、咸……

比如，安。

比如，二十三年。

人生有几个二十三年？

和同一个人，在同一个文学美学、语言图画、书香墨香并行的领域，在同一个充满朝气的行业里，一直同行？而且这个人，始终能带给你快乐、阳光和善良。

如果，把二十三年的时光分成段，它，是三段。

它，让我记忆犹新、没齿难忘。

南方的清泉绿茶，老家的青山绿水，偶尔的清闲，在这几天，陪伴我回顾了这一段往事。

第一段时光——

二十三年前，刚刚走出大学，凭借对文字的爱好和新闻专业技能，我与女性月刊牵手，成为女性时尚月刊的一名新闻记者，兼策划组稿编辑，采访工作和编辑工作各占一半。

记得当时，编辑部里年龄偏大的老师组稿的对象以年龄偏大的女性居多，分管我的副总编有一天和我们年轻编辑聊天时，却说："别看我们是女性月刊，好文章的作者也有男性……"那天之后，我便开始翻阅大量同类杂志，专注于其他女性月刊上看似是男性名字的作者，也开始有意"东拉西扯"地和别家杂志的同行套近乎，我想寻找一位或者几位男性优质作者来丰富和支持我当时主编的栏目。也就是那个时候，"安武林"三个字频繁映入眼帘。

那段时间，办公室的同事时不时地取笑我："你看着别人的杂志，盯着别人的名字，发什么呆？不务正业!”他们不会知道，我当时在想，这个“安武林”的文字到处开花，咋就不给我们杂志投稿呢？看他刊载文章的速度和质量，出手很快，文风很特别，内容还很有趣。做过杂志的人都会知道，有文采、出手快的作者都是月刊编辑的“最爱”，他们，被我们杂志编辑称为“顶梁柱”。如果我这个新编辑能找到几位“顶梁柱”，那往后日子就好过了。可这个“安武林”，我从哪里能联络到他呢？当时那种感觉，有点苦。

同行是冤家。再怎么套近乎，谁也不会把作者主动介绍给你。这事儿好像得靠造化。自己的造化。哈哈。

有一天晨会结束，分管我们的副总编看着编辑部角落里堆积如山的自然来稿，又说，你们呀，也不要以为自然来稿里没有好东西……副总编边说边离开，以至于他最后的那句忠告，听得到的人寥寥无几。

我就是从那时起，养成了仔细翻阅编辑部角落里的自然来稿的“山堆”的习惯。

同事又有了“闲话”：“专门组回来的稿子都得改好几遍，自然来稿里能有啥！你呀……”

现在回想，我的缺点很多，但优点也很显著——不放弃。

果然，功夫不负有心人。

我在“大山”里挖出了“金矿”！忽然发现，我的“甜”来了。安武林的稿件，就这么实实在在出现在我的眼前，还是一大摞！而安武林，也从此出现在了我的职业里和生活里，且始终灿烂。

安武林（曾经是我所在杂志社约稿的重要作者，现在是儿童文学作家），给我和我主编的栏目提供情感真挚的故事，朴实暖心的文字，让年轻的我和我的读者在笑出声和流出泪的同时获益匪浅。看过他的文字，就会明白“日子里的开心与伤悲，快乐和苦难，都能借力自己的阳光，化成向上飞扬的泪水……”。

渐渐地，安武林和他的文字，在我当编辑乃至首席记者的日子里成为“顶梁柱”。

我永远忘不了，好几次杂志突然在发稿前要撤稿件，却没有合适的替换稿件，总编着急，我们更着急。而情急之下，安武林可以连夜给我一篇甚至几篇文采飞扬的小短文，让我交差。

那个时候的他，真的很勤奋。他的名字和他的文字会经常出现在一些青年刊物上，尤其是抒写亲情、友情、家乡和为人处世类的文章，拥有无数读者。在《山西青年》《当代青年》《美与时代》《青年之友》《青年月刊》等刊物上面，都可以领略他的文采。那个时候我就惊叹，这真是一位勤奋而有才华的作者。

总之，自然作者身份的安武林，在我的杂志社履历中，绝对不可或缺。

那时，我工作的单位是一家时尚月刊杂志社，他工作的单位是陕西汽车制造厂。

第二段时光——

我们俩，女性月刊编辑与“顶梁柱”作者，交往持续七年。七年，我和安武林，一直书信电话往来，从未谋面。

后来，我从女性月刊转职到希望出版社所属的《中外童话故事》杂志社，我想，我得告知老朋友一下，让我意外的是，我诉告他“我到出版社了”，他也告诉我“我也到出版社了”。我说，我是少儿出版社，他说，我也是少儿出版社。哈！这也太巧了吧！我们俩几乎异口同声。

我们决定尽快见面。

见面之后，我才真正见到了创造阳光和阳光般的文字的“阳光安武林”。

很快，出手迅速且不凡的他，给我交来见面礼——别具一格的《泥巴男生》校园故事，一期五千字，他从来都没有拖欠过稿子，每期都是提前交稿。在我任职的《中外童话故事》杂志连载一年，让我再一次看到他骨子里透出来的文采和孩子气……后来，这部长篇小说，作为单行本出版了，现在还能在购书网站上找到。

我了解安武林，他的日子里有很多抹不去的苦，但这些苦并没有让他一蹶不振，反而成为他文字中别人不可复制的童话念想，成为他语言中无可替代的美丽忧伤。它们，夹杂在一起的精彩，尤其是散文，值得深度品味……

后来，我从《中外童话故事》杂志转入希望出版社，任职图书编辑。两眼一抹黑的我，几乎没有任何儿童文学作家资源，而安武林，第二次成为“不可或缺”。

那个时候，我不再是女性杂志的资深编辑，而安武林，已经凭借文采和勤奋，成为曹文轩、秦文君、葛翠林等名家书稿的策划编辑和点评者。我作为初来乍到的童书编辑，被安武林带着，几乎逛遍了文学圈和儿童文学圈。我记得那个时候，安武林带我“蹭会”无数。

其中，难忘的是，他作为应邀评论家，带我“蹭”的石康《奋斗》（这本书已经拍成电视连续剧）的新书发布及研讨会，同时应邀参会的还有王干和张颐武。当时我正在追《奋斗》的电视连续剧，而我也只顾看热闹，从未认真思考过作家创作背后的初衷。在会上，我看到了当红作家创作过程的酸甜苦辣和良苦用心。会议中，我看到了安武林发言时石康眼里冒出的惊喜目光；总结时，我更看到了石康对安武林独特解读和到位评价的钦佩和感谢。

更难忘的是，当时身为著名评论家的他，带着我这个刚入图书出版行业的小编辑“蹭会”——北京大学教授、博士生导师、著名儿童文学作家曹文轩老师的《草房子》“100刷”的发布会（百次印刷庆典），他当时不仅是应邀评论家，还是亲友团成员。当时我正在追曹文轩的各种作品，不过我也仅仅是关注，还未深入研究过。在会上，我看到了优质作品畅销和长销的关系，更看到了童书佳作双效价值和坚实基础的关联。

我，就这样，跟着安武林走进了儿童文学圈。

我成为北大教授、著名作家曹文轩老师的忠实粉丝；

见到了久闻大名、讲故事超好听、编剧本很厉害的张之路老师；

还欣喜地收到安武林转交给我的中国作家协会副主席高洪波老师惠赠的墨宝。

再后来，我发现，安武林不停地带给我儿童文学界的各种“大家惊喜”，尤其是比他漂亮很多的汪玥含和与他性格反差很大的孙卫卫……

再之后，我可以常常和曹文轩老师、安武林吃饭，如果吃饭时安武林磨蹭唠叨，曹老师会说：“彦玲快吃，我们不要理他，让他说，等他说完，我俩把好吃的也吃完了……”直到安武林大声喊：“陈彦玲，要造反了吧！”我们才会用哈哈大笑回应。其实，我们根本不会不等他一起吃，因为，他是曹老师的也是我的密友。

类似这样的故事，很多，儿童文学界数不清的尊师和好友都是安武林介绍给我的，后来也都成为我的好友。我和他共同的圈子也越来越多，但我和他在进入儿童文学界之前的这段交往经历，知道的人不多。今天说来，算回顾，因为我，很感恩。

总之，有着编辑与作家双重身份的安武林，在我的儿童文学出版履历中，绝对是浓墨重彩的一笔。

那时，我的单位是希望出版社，他的单位是北京少年儿童出版社。

第三段时光——

今天，我转职长江文艺出版社，在新的领域和环境里，我再次面临新的挑战，而此时的安武林，早已经在“自然作者—独立书评人—童书策划—阅读推广人—知名作家……”的路上转身无数次。而作为“杂志社编辑—童书编辑—童书策划—多年好友”的我，除了在旁边领略他绽放出来的一路精彩，还享受着他给予我的无比丰实的友情。这友情，如山。

我很喜欢，会议上和他整整一天探讨书稿策划方案。

我也喜欢，闲暇中与他短短几分钟碰撞出的文学火花。

我最喜欢他的“一本正经”：放心，有好稿子，你若要，我保证先给你。（哈哈，显然是客气话）

我更喜欢他的“装模作样”：好选题就得好好论证，要做好，还得大卖！(哈哈，其实他很认真)

有时候，我也会恼火他不睡觉打电话的深夜，告他不要“闹”。

但更多时候，我会提醒他不要忽略身体的劳累，要保证“安”。

总之，他带给我的各种好，我数不过来，每每回想，归根结底是因为安武林真实、可爱。勤奋也真实，才华更真实，容貌很可爱，性格更可爱。

今天的我，对他一路的陪伴，心存感谢，满怀感激。他，始终在我前行的路上，不断给我榜样的力量。

他，创意十足，敬业地策划，成就着一本本好书……

他，始终如一，安分地读写，迸发着无尽的才华……

他，持续不断，激情地推广，表达着对书的热爱……

一个人，如果只有才华，而不很勤奋，可惜。

一个人，如果只是勤奋，却没有才华，遗憾。

而安武林，两全。

今天，只要和安武林在一起，都想问候他：“早。安。”

在这里，我想特别说明一下：

早，寓意他是一只在阅读上非常勤奋的早起鸟；

安，指代他是一位在写作上才华横溢的“码字人”。

写下这些文字的时间是2019年，未来，我们仍然会以“圈内好友、文学出版发小”的双重身份，继续一同前行，且不设终点！

我爱读诗

题记

很小的时候，爸爸逼着我背过很多唐诗。大一点的时候，我开始自己写诗。上高中时，我完全迷上了诗歌，从此，一发不可收。诗歌带给我的美好，数不胜数。

诗歌是世界文学宝库中的一朵奇葩，呈现了语言的精华。优秀的诗歌往往饱含作者丰富的思想、情感，还有想象。诗歌中，语言文字与节奏韵律的结合，我认为就是情感与艺术的结合，或者说遐思与音乐的结合。优秀的诗歌，经过时间的淘洗，可以超越民族、超越国别、超越时空。古今中外，流传下来的经典诗歌，浩如烟海。人短暂的一生，如果有几首诗歌深刻心底，就是一件美好的事情。

诗歌的押韵和对仗，我从小就喜欢。在上高中的时候，我就更加着迷了。只要是我喜欢的关于诗歌的书，爸爸都会买给我，有一段时间，爸爸几乎每周都会给我买一本。那个时候，各种诗集就常出现在我的书桌上。在诗里，我认识了郭沫若、徐志摩、郑振铎、臧克家、卞之琳、贺敬之、舒婷，还认识了普希金、但丁、雪莱、泰戈尔、惠特曼。

我的父母都爱书，所以，从来就没有因为我看与考试无关的小说、散文、诗集管束过我，这是我童年里开心的事。当然，他们也没有因为我语文成绩好，而数学成绩总是不及格批评过我，这也是我童年里开心的事。

冰心的《春水》，瞬间就吸引了我：

青年人！
你不能像风般飞扬，
便应当像山般静止。
……
冰雪里的梅花呵，
你占了春的先了。
……

墙角的花，
你孤芳自赏时，
天地便小了。
……

看到前三行，我自己内心的声音就是：年轻就要有所为。中间两行，曾经被我摘抄进我的作文里，因为我太喜欢“占了春的先了”这样的表达方式。最后三行，我能读出：每一个自己，哪怕再渺小，也要足够自信。

在惠特曼的《向世界致敬》里，我看到了小的我的情感和大的世界的壮观。

“我为什么这么喜欢读诗呢？是因为诗歌短吗？是因为我懒吗?”我有时候会这样问父亲。每当问这个问题的时候，父亲就把这个功劳归功于他自己。

他说：“大概都不是吧，因为从你记事起，我就开始教你背唐诗，也许在你幼小的时候，唐诗潜移默化地影响你，也许就在那个时候，你觉得读诗是一件好玩的事。”

父亲始终认定读诗对孩子的成长是有所助益的。我记得，四岁开始，只要跟着爸爸去出版社，第一件事就是给不认识的阿姨和叔叔背唐诗。

童年时候的我，记性绝对比成年以后好一万倍。那个时候，只要是爸爸前一天晚上教我的，第二天早晨一准儿能一字不落一字不差，还不磕巴也不脸红地背出来。每次背完古诗，都能收到奖品：书，笔，还有各种小本本。那个时候零食好像很少，偶尔也会在图书馆的高阿姨那里得到几颗非常好吃的糖。

现在回想，读诗背诗确实在我的童年里留下浓墨重彩的一笔。因为在成年以后，我写东西很喜欢用排比句，也很喜欢押韵。而这个爱好给我带来很多意想不到的乐趣。

疫情的三年，关在家里，我写了好多首诗，其中《明天的愿望》被收录在希望出版社出版的抗疫童诗集《春天不会迟到》里；《新年的风景》被刊登在《小溪流》杂志上。

诗歌，就像一抹优雅的倩影，穿行于文学的旷野，旷野上，还有很多欢快的小精灵。亲爱的读者，这篇小文章，是不是可以用我的两首小诗来结尾？当作送给喜欢读诗的你们的一份小礼物。

第一首小诗的名字叫《精灵们，早晨好》：

月亮
回家好久了

天空
从深蓝色变浅
大大的蜗牛说
我，发现
三两只小小的蚂蚁
在伸懒腰

瘦瘦的小草说
我，看见
四五滴胖胖的露珠
在跳早操

高高的大树说
我，听见
六七棵矮矮的小苗
在唱歌

大片的森林说
快来看
八九只兔子的小队列

在晨跑

哈哈哈
太阳来了
“我的孩子们
你们，早晨好”

第二首小诗的名字叫《新年的风景》：

我看到，
世界，
很小，很小。
小得像春天青草上安静的露珠，
小得像夏日白云上跳跃的水滴。

我看到，
世界，
很小，很小。
小得像秋夜萤火虫金色的房子，
小得像冬晨梅花瓣红色的新衣。

我看到，
世界，
很大，很大。
大得像斑鱼畅游海底在行走，
大得像蝴蝶飞越花田去旅行。

我看到，
世界，
很大，很大。
大得像爸爸妈妈怀抱我的双手，
大得像我们感恩的心。

孩子们，
你们知道吗？
这些，
小小的相遇，
和，
大大的惊喜，
都将是我在诗里看到的，
新年的风景！